南唐二主詞賞析

〔南唐〕中主李璟、後主李煜 詞選

陳慶元
楊　樹　◎撰著

前言

南唐中主李璟，後主李煜的詞作純真任縱，天然渾成，是我國詞史上兩顆璀璨絢麗的明珠。

二主生逢中國政治大混亂、大分裂的「五代十國」的時期。這一時期，實際上是唐末藩鎮割據的延續。中原一帶，承遞唐朝這一正統的是後梁、後唐、後晉、後漢和後周五代，環繞外圍的則是中國。當時，北方籠罩著戰爭的氣氛，而南方相對較安定，其中西蜀和南唐經濟較發達，文化較繁榮。

南唐中主李璟（西元九一六～九六一年），徐州人，是南唐開國國君李昪的長子。他長得眉目如畫，好學能詩，曾想過在廬山瀑布之下，修築書齋，作個隱士。但事與願違，西元九四三年。他即位做了皇帝。九五八年，南唐受到後周的威脅，他主動去掉帝號，稱為南唐國主。他的詞只流傳下來四首，但歷來評價極高。他擅長運用象徵手法，狀物抒情，情不虛發，景不空敘，筆觸細膩，含意深刻。宋朝的王安石就十分讚賞他的——「細雨夢回雞塞遠，小樓吹徹玉笙寒」這樣的句子。

南唐後主李煜（西元九三七～九七八年），是李璟的第六個兒子，天資聰慧，精於書畫，妙於音律。十八歲與「通書史」、「善歌舞」的女藝術家大周后成親，後來又續娶貌美情深的小周后。他們過著風流浪漫的宮廷生活。他寫閨情「微露丁香顆」，「笑向檀郎唾」；寫幽會「一向偎人顫」，「教君恣意憐」，都純真任縱。亡國後，他當了宋朝的俘虜，用愁與恨作經緯，交織成「多少恨，昨夜夢魂中」；「自是人生長恨水長東」；「人生愁恨何能免，銷魂獨我情何限」；「問君能有幾多愁？恰似一江春水向東流」等名句。此外，眷戀故國的，如「故國不堪回首月明中」，「四十年來家國，三千里地山河」等，也為人傳誦。後主詞聲情一致，表裏如一，一般不玩弄詞藻，不避口語，慣用白描，隨意揮灑，自成傑作，確有敏銳的天賦。因此具有極大的移情作用，極易引起人們的共鳴。有人說，後主的詞，足當李白詩，高奇無匹。近人王國維的《人間詞話》說：「詞至李後主而眼界始大，感慨遂深。」

中主和後主的詞可以稱得上詞壇上第一流的作品。我們把二主詞四十多首簡單加以注釋，翻譯用的是韻文，賞析時略加注意文采，同時比較通俗，以期幫助讀者領會原作，提高古典文學的素養。

本書由陳慶元、楊樹撰寫，最後由陳慶元定稿。

目錄

李璟詞

應天長（一鉤初月臨妝鏡）／010
望遠行（玉砌花光錦繡明）／013
浣溪沙（手捲真珠上玉鉤）／016
浣溪沙（菡萏香銷翠葉殘）／019

李煜詞

浣溪沙（紅日已高三丈透）／024
一斛珠（曉妝初過）／026
玉樓春（晚妝初了明肌雪）／030
子夜歌（尋春須是先春早）／033
菩薩蠻（花明月黯籠輕霧）／036
菩薩蠻（蓬萊院閉天臺女）／039
菩薩蠻（銅簧韻脆鏘寒竹）／042
喜遷鶯（曉月墮）／045
采桑子（庭前春逐紅英盡）／048
長相思（雲一緺）／051
柳　枝（風情漸老見春羞）／053
漁　父（浪花有意千重雪）／055
漁　父（一櫂春風一葉舟）／057
搗練子令（深院靜）／059
謝新恩（金窗力困起還慵）／061
謝新恩（秦樓不見吹簫女）／062
謝新恩（櫻花落盡階前月）／065
謝新恩（庭空客散人歸後）／067

目錄

謝新恩（櫻花落盡春將困）／070
謝新恩（冉冉秋光留不住）／072
阮郎歸（東風吹水日銜山）／074
清平樂（別來春半）／077
采桑子（轆轤金井梧桐晚）／080
虞美人（風迴小院庭蕪綠）／083
烏夜啼（昨夜風兼雨）／086
臨江仙（櫻桃落盡春歸去）／089
破陣子（四十年來家國）／092
望江南（多少恨）／096
望江南（多少淚）／099
望江南（閒夢遠）／101
望江南（閒夢遠）／104
相見歡（林花謝了春紅）／106
子夜歌（人生愁恨何能免）／110
浪淘沙（往事只堪哀）／114
虞美人（春花秋月何時了）／118
浪淘沙（簾外雨潺潺）／122
相見歡（無言獨上西樓）／126
長相思（一重山）／130
蝶戀花（遙夜亭皋閒信步）／133
浣溪沙（轉燭飄蓬一夢歸）／137

卷一

李璟詞

應天長 ——李璟

【正文】

一鉤初月臨妝鏡❶，蟬鬢鳳釵慵不整❷。重簾靜，層樓迥❸，惆悵落花風不定❹！

柳堤芳草徑，夢斷轆轤金井❺。昨夜更闌酒醒❻，春愁過卻病❼。

【注釋】

❶一鉤：一彎。初月彎如鉤。

❷蟬鬢：梳成蟬翼樣子的鬢髮。鬢：指耳邊的髮。鳳釵：鳳形的頭釵。釵是古代婦女用來簪髮的一種首飾。慵不整：懶得梳洗。

❸迥：高遠的意思。

❹惆悵：感傷的樣子。

❺轆轤：井上汲水的工具。金井：井欄雕飾有金屬。金光耀眼的水井。

❻更闌：即更深。
❼過卻病：超過了生病。

【譯文】

一彎初升的明月灑臨梳妝的檯鏡，
耳邊的雲鬢頭上的鳳釵懶得梳整。
重垂的簾前寂靜，層層的樓臺高遠。
彷徨無依的落花跟隨狂風飄零不定。

過去在柳堤旁芳草徑中同遊的戀人，
實難夢見，金井上的轆轤把她驚醒。
昨天夜半更深酒醉醒，
春愁倍增難受勝過病。

【賞析】

這首詞描寫了一個女子傷春傷別、百無聊賴、痛苦寂寞的心情。
「一鉤初月臨妝鏡，蟬鬢鳳釵慵不整。」明月初升，柔和的月光灑落在梳妝檯上，景色很美。

但女主人公心情卻極不愉快，無心對鏡梳妝。這兩句勾勒出女主人公慵懶的肖像，但這幅肖像卻是藉鏡折射，不是正面描寫，起筆不凡。接著，「重簾靜，層樓迥，惆悵落花風不定！」進一步描繪所處的環境，烘托女主人公內心的愁苦：樓高簾掩，環境幽靜，怎麼不感到寂寞孤單！眺望層層高遠的樓閣，面對飄蕩不定的落花，她由花落想到春盡，由春盡又想起離開心上人而感到彷徨無依的痛苦。上片寫女主人公對鏡慵妝及一些尋常卻又典型的景物，卻已表現出她寂寞的情懷和滿腹春愁的哀傷。

下片開頭兩句，「柳堤芳草徑，夢斷轆轤金井。」寫夜間夢境。她夢見昔日的柳蔭堤、芳草徑；雖然沒有明寫人，但人影自見。因為在那裏，她和他曾攜手比肩，留下雙雙的身影。如今，同遊人又在何處？春夢片刻，金井上的轆轤聲把她驚醒，她又回到幽獨的現實。「夢斷」，同宋代詞人周邦彥《蝶戀花》的「更漏將殘，轆轤牽金井」所寫略同，用的都是反襯手法。最後兩句，「昨夜更闌酒醒，春愁過卻病。」寫曉夢驚回後的回憶和感受。這裏不寫昨夜燈前獨酌，只寫曉來酒醉；原來想借酒消愁，想不到借酒消愁愁更愁。全詞在一聲淒切的長歎中結束，春愁確實比生了病還難受，更見其愁之深。這樣，就把陽春傷別的情思寫足了。

這首詞結構縝密，開頭月亮初升，昨夜黃昏情事；「柳堤芳草」，夢中景；結尾，破曉而憶昨夜醉酒。次第寫來，柔情宛轉，綿密貫通。上下片之間，首尾相救，過片不斷，即上片結尾「落花風不定」，下片開頭緊接「柳堤芳草」，關聯很緊。寫景抒情，有時由景生情，有時融情入景；情不虛發，景不空敘，顯得自然超妙，如同行雲流水。

望遠行　——李璟

【正文】

玉砌花光錦繡明❶，朱扉長日鎮長扃❷。夜寒不去寢難成，爐香煙冷自亭亭❸。

殘月秣陵砧❹，不傳消息但傳情。黃金窗下忽然驚❺，征人歸日二毛生❻。

【注釋】

❶玉砌：像玉一般的石階。錦繡明：像錦繡一樣明麗。

❷朱扉：紅色的門扇。鎮長扃：門老是關閉著。扃：門閂。

❸亭亭：裊裊上升的樣子。

❹秣陵：今江蘇南京。砧：搗衣石。

❺黃金窗下：陽光照耀、金光閃閃的窗下。指白天。
❻征人：離家外出的人。二毛：指白髮和黑髮相雜。

【譯文】

玉般的石階鮮花像錦繡一樣明麗，
朱紅的門扇整天關閉得嚴嚴整整。
夜裏寒氣未消睡夢苦難成，
爐裏香煙已冷猶裊裊亭亭。

面對著殘月和秣陵的搗衣砧，
不傳來消息只傳來昔日溫情。
在黃金燦爛的陽光窗下猛吃一驚，
征人回家那斑白的頭髮竟已早生。

【賞析】

這首詞描寫一個女子懷念遠方征人的孤寂之情。

首句「玉砌花光錦繡明」，極力寫日間石階如玉，鮮花明麗。明媚的春天，正是仕女遊樂的大好時機，但是，「朱扉長日鎮長扃」，朱門緊閉，成天不開；門前靜靜，庭院寂寂。詞中的女主人公鬱鬱寡歡，心裏蒙著一層陰影。一「鎮」字，不僅寫出深閨的與世隔絕，而且形象地傳出女主人公的恨情，使人有一種鬱悶的感覺。首兩句，第一句是陪襯，第二句是主體，寫出閨中的孤寂。三、四兩句，「夜寒不去寢難成，爐香煙冷自亭亭。」夜寒難眠，輾轉反側，女主人公百無聊賴，甚至產生幻覺。香爐裏的煙雖然冷了，但她似乎感到它猶自裊裊上升。她的情思，就如同這不絕如縷的煙霧，騰騰裊裊，迷迷茫茫，似真似幻。「寒」、「冷」兩字，不單是客觀描繪，而且刻劃出女主人公的淒涼心境。

下片，「殘月秣陵砧」，《全唐詩》、《詞譜》均作「遼陽月，秣陵砧」，是征人和居人兩面兼寫，千里共殘月。殘月之下，傳來搗衣的砧聲，聲聲像要搗碎離人的心似的。而且，「不傳消息但傳情」，征人歸來的消息全無，有的只是往日留下的溫情，更勾起她的刻骨相思。最後兩句，「黃金窗下忽然驚：征人歸日二毛生！」女主人公想像道：有朝一日，在陽光燦爛的窗下，離家的親人突然回來了，猛然叫人吃了一驚：他的頭髮已經斑白；一想，我也已經衰老。青春易逝，人生易老，她盼望征人早日歸來的心情是那樣迫切！

這首詞，上片通過環境的鋪敘渲染，寫思婦孤寂淒涼和寒夜不寐的煎熬。下片，聯想豐富，過去的溫情，將來的會面，歎老傷情，都凝聚在這短短的四個句子中，更是寫得纏綿繾綣，一往情深。

浣（ㄏㄨㄢˇ）溪沙——李璟

【正文】

手捲真珠上玉鉤❶，依前春恨鎖重樓❷。風裏落花誰是主？思悠悠！

青鳥不傳雲外信❸，丁香空結雨中愁❹。回首綠波三楚暮❺，接天流。

【注釋】

❶真珠：指用珠子串編起來的簾子。有的版本作「珠簾」。玉鉤：用玉製作的鉤子。

❷依前：和往時一樣。有的版本作「依然」。重樓：即層樓。

❸青鳥：指代送信的人。青鳥：出自《山海經》．《漢武故事》，西王母有三隻青鳥，其中一隻專門給漢武帝報信。雲外：指遙遠的地方。

❹丁香空結：即丁香空結蕾的意思。❺三楚：指南楚、東楚、西楚。

【譯文】

手捲起珠簾掛上玉琢成的簾鉤，
和往時一樣把春恨深鎖在高樓。
隨風飄蕩的落花誰是它的主人？
悲傷怨恨，思緒悠悠！

連青鳥都不傳遞天涯遠人的音信，
雨中丁香花蕾恰似鬱結心中的哀愁。
回頭遠望三楚暮色中的綠波，
茫茫的綠波接天而流。

【賞析】

《浣溪沙》是唐教坊曲，又名《攤破浣溪沙》或《山花子》。這首詞描寫思婦傷春傷別的愁恨。

上片，思婦捲簾見到戶外暮春景色，觸發她徬徨無依的悠悠春恨。起句，「手捲真珠上玉鉤，」捲起窗上的珠簾，既可以觀看到外界的景物，而且還可以將心緒與外界溝通。本來，理應接著寫外界景物，但詞人卻有意插入抒情句「依前春恨鎖重樓。」「依前」，說明春恨不僅今年有，往年也有，所思之人不在，已經不止一年了。鎖於重樓，孤獨無依，恨深難排。一「鎖」字，不僅把無形的春恨形象化，而且道出重樓深閨女子壓抑苦悶無處傾訴的痛苦。隨著珠簾的上捲，戶外的景物映入她的眼簾，是不是就此而暫得安慰？不！不僅沒能得到安慰，反而進一步觸動情思。「風裏落花誰是主？思悠悠！」「風裏落花」，是寫景，卻接以「誰是主」的發問，很耐人尋味。花隨風落，說明時已暮春，同時強調了思婦所處的環境。而且，落花飄零，無依無靠；自己的命運是否也像它一樣，無法自主，無人護持呢？面對此景，她倍感孤獨，怎麼能不懷念起遠方的親人來呢！怎麼能不引起青春易逝、美人遲暮的感傷呢！怎麼能不泛起怨恨的悠悠思緒呢！

下片繼續描寫捲簾見到的暮春景色，進一步抒發所思人音訊杳然的無限哀愁。「青鳥不傳雲外信」，具體寫出上片之所以「思悠悠」的原因，逗起下文的結愁，起承上啟下的作用。「丁香空結雨中愁」，借樓前丁香花蕾結而未吐來象徵女主人公的愁心鬱結，從而形象具體地展示出她內心的哀愁。唐代詩人李商隱《代贈》詩寫道：「芭蕉不展丁香結，同向春風各自愁。」詩以春風反襯丁香之「愁」。而此詞所寫，丁香是在暮春的淒風冷雨中結愁，顯得格外慘澹，這正是思婦無限愁緒的寫照。這一句與上片「風裏落花」一樣，景諧情合，可謂情景交融，難辨彼此。結尾兩句，「回首綠波三楚暮，接天流。」思婦回首遠眺，只見暮色之中，三楚綠波蒼蒼茫茫，流接天際。風裏落花，是捲簾後見到的第一景；雨中丁香，是第二景。這兩景都是庭院樓前的事物，是近景；而三楚綠波，無疑是遠景了。浩蕩綠波，滔滔不絕，接天而流，猶如思婦春恨不絕，筆力雄健，意境闊遠，氣象渾融，非通常思婦詞所能比。

浣溪沙——李璟

【正文】

菡萏香銷翠葉殘❶，西風愁起綠波間，還與韶光共憔悴❷，不堪看❸。
細雨夢迴雞塞遠❹，小樓吹徹玉笙寒❺。多少淚珠何限恨，倚闌干❻。

【注釋】

❶菡萏：即荷花。
❷韶光：美好的時光。
❸不堪：不可，不能的意思。
❹雞塞：即雞鹿塞。其址在今內蒙古自治區杭錦後旗西北部。這裏泛指遙遠的邊關。
❺吹徹：吹到最後一曲。徹：是大曲中的最後一遍。玉笙寒：美好的笙都吹涼了。笙中的簧用銅片製成，烘暖了，吹起來音正聲清；吹久了水氣合潤，音不合律。

❻闌干：即欄杆。

【譯文】

悲愁的西風捲在綠波之間，
嫵媚的荷花香消花葉凋殘。
跟著美好的時光一起憔悴，
真是令人不忍細看！

睡夢從細雨中驚醒，雞塞依然遙遠；
小樓上有人吹玉笙，直把玉笙吹寒。
流不盡的淚珠，訴不盡的怨恨，
帶著這些獨倚欄杆。

【賞析】

這是一首描寫一位女子秋恨的小詞。情感真摯，藝術形式完美，是李璟的代表作。

秋天，在中國傳統的文學作品中，一直扮演著蕭瑟淒涼的角色。李璟這首詞也不例外。但中主的詞，將凋零蕭條的景象與女主人公的離愁別緒融會起來寫，卻別有一番情趣。

開頭兩首，「菡萏香銷翠葉殘，西風愁起綠波間」，寫蕭瑟的秋景。「菡萏」，即荷花；詞人用

「菡萏」一詞，較之「荷花」這一常名，更顯得它的珍貴。「翠葉」，指荷葉，詞人特拈出一「翠」字，更見其色澤的迷人。這兩個字的運用，先給人一種美好之感。然而，詞人卻在「菡萏」之後綴上「香銷」二字，在「翠葉」之下綴以一「殘」字，寫出本來非常美好的東西如今已經銷殘：昔日清香飄溢的荷花，如今香氣已經消盡；昔日色澤鮮艷的荷葉，如今已經枯殘。字裏行間，已流露出惋惜之情。如果單是香銷葉殘，倒也罷了，又加上西風吹起，綠波蕩漾，水中的殘花敗葉將何以堪！「以我觀物，故物皆著我之色彩。」詞中的女主人公滿懷悲愁，所以見西風、殘花、敗葉，一片蕭條之景，彷彿外物也和自己一樣悲愁。注情入景，不說己愁，只言物愁，而己愁自見。「愁」字用得非常耐人尋味。

「還與韶光共憔悴，不堪看。」這兩句承上而來。秋風起了，美好的時光已經過去，所以花、葉都憔悴了，表面是寫花葉，但其間一「共」字，則女主人公的形象也在其中，花葉憔悴，人也憔悴。美好的時光過去了，花殘葉敗；美好的時光過去了，青春也慢慢消逝。觸物生情，所以「不堪看」那些可憐的花葉。主人公在傷花葉的同時也自傷。

上片描寫菡萏花葉、西風綠水，愁懷已在其中。下片將筆宕開敘述人事，具體寫懷人。「細雨夢回雞塞遠，小樓吹徹玉笙寒。」王安石非常欣賞這兩句，他認為它勝過李後主的「一江春水向東流」。詞寫纖愁的環境，從思婦懷念征人著筆。濛濛細雨，驚醒了女主人公的美夢；然而眼前一切如舊，征人依然遠在雞塞。滿懷惆悵，徒增傷感！細雨如織，愁懷也如織，環境烘托了女主人公的愁懷。在百無聊賴之中，她在獨處的小樓上，只好一遍又一遍地吹著玉笙，直到笙寒音顫。面對一片孤寒淒寂之景，懷著一腔孤獨淒涼之情，思何苦，悲何深！但詞人用筆還比較含蓄，只有到下句「多少淚珠無限恨」，才把上文所渲染的悲苦之情宣泄出來，一矢中的，說明愁情已到了極點。最後一個短句，「倚闌干」，韻味悠長。它不僅與篇首遙應，因為倚欄，所以看到花殘葉敗，看到西風吹綠波，而且更進一層地寫出她的窮極無聊，無可奈何。

這首詞的寫作年代，一些研究者指出，是在南唐國力「不支」時寫的。倘若這一說法可信，那麼詞中思婦眼中的眾芳蕪穢，花葉凋殘，似也可以理解為當時周師的進攻，南唐國脈的衰微，從而抒發國家沒落的哀歎。這樣理解也無不可。總之，詞的興寄問題是很複雜的，讀者也可以有不同的體會和理解。

卷二

李煜詞

浣溪沙——李煜

【正文】

紅日已高三丈透❶，金爐次第添香獸❷。紅錦地衣隨步皺❸。
佳人舞點金釵溜❹，酒惡時拈花蕊嗅❺。別殿遙聞簫鼓奏❻。

【注釋】

❶三丈透：超過了三丈。形容日已升高。
❷次第：按時依次的意思。香獸：這裏指用香末和炭做成獸形的香料。
❸地衣：古時鋪在地上物品，好像現在的地毯。隨步皺：隨著腳步而摺皺。
❹舞點：舞透、舞徹，即按一定的節拍舞完一個曲調。溜：滑脫的意思。
❺酒惡：酒喝多了，心中作惡。
❻別殿：帝王的住處。指正宮正殿外的別宮、別館等。

【譯文】

紅色的太陽已經升高到三丈過，

金製的香爐仍然不斷地把香添。

紅錦地毯隨著翩躚的舞步起皺。

美人舞完一曲金釵脫丟，

酒喝多心中作惡拈起花蕊一嗅。

還聽到遠處別殿傳來簫鼓齊奏。

【賞析】

這首詞描寫後主前期在宮廷中飲酒歡樂。通宵達旦，極為華貴放縱的生活。

「紅日已高三丈透，金爐次第添香獸。」點明時間。第一句寫的是外景，第二句寫的是內景。「金爐」，一般解釋作金屬的香爐，我們不妨理解為用黃金製成的香爐。說明主人身分高貴，陳設華貴，生活奢靡。金爐不斷添香料，暗示歌舞不僅已經通宵達旦，而且將以日繼夜，進行下去。第三句，「紅錦地衣隨步皺」，進一步寫狂舞。只見舞人腳踩著紅錦地毯，隨著舞步的輕盈移動地毯捲起了皺紋，這樣的描繪，頗有點像電影的特寫鏡頭，給人留下深刻鮮明的印象。

下片寫美人的舞姿、微醉的嬌態和別殿的簫鼓。「佳人舞點金釵溜」，承上片順接而下，繼續寫舞、極其自然。隨著簫管的旋律，鼓點的節拍，佳人舞步騰挪，姿態不時傾斜。致使頭上髮髻鬆散，金釵滑脫。這句把佳人的舞姿、狂舞的氣氛表現得淋漓盡致。「酒惡時拈花蕊嗅」，是歷代傳誦的名句。它吸收了當時的口語入詞，極為生動。更重要的是，它把佳人半醉微醺但又強加掩飾的嬌憨之態刻畫得微妙微肖。「拈」和「嗅」，兩個傳神而富有戲劇性的動作準確地表現了佳人的豐韻神采，她們撒嬌的媚態，想掩飾但不易掩飾的窘態，宛如就在眼前。結尾一句，「別殿遙聞簫鼓奏」與起句相呼應，說明宮廷之內，處處都是笙歌，處處都在盡情享樂，處處都是華靡奢侈。這裏寫的是他前期生活的一個場面，詞人陶醉其中，自然是以欣賞的態度來描繪的。正如前人指出的那樣，所謂香獸，所謂紅錦地衣，不知要費幾萬貫錢呢？後主這首詞的藝術形象，在無意之間為我們揭示了這個很有意義的問題，同時也使我們認識了這個淫靡荒唐的江南小王朝。

一斛珠——李煜

【正文】

曉妝初過，沈檀輕注些兒箇❶，向人微露丁香顆❷。一曲清歌，暫引櫻桃破❸。

羅袖裛殘殷色可❹，杯深旋被香醪涴❺。繡牀斜憑嬌無那❻，爛嚼紅茸❼，笑向檀郎唾❽。

【注釋】

❶沈檀輕注：潤澤的深紅色輕輕注入。沈，潤澤色深。檀：淺絳色。輕注：輕輕注入，這裏是有點的意思。

❷丁香顆：女人舌頭的代稱。

❸櫻桃破：張開像櫻桃般的小嘴。

❹羅袖：羅衣的袖子。裛殘：霑濡殘壞了。殷色：深紅色。可：可可，間可，不在乎的意思。

❺杯深：杯深盛酒多，意思是說酒喝多了。香醪涴：意思是喝香噴噴的醇酒醉了。醪：含汁帶滓的醇酒。涴：弄髒。

❻斜憑：即斜靠。嬌無那：嬌柔無限，身不自主的樣子。

❼紅茸：紅色的茸線。茸：通絨，刺繡用的絲線。

❽檀郎：古代婦女常稱自己的丈夫為「檀郎」。唾：吐。

【譯文】

早晨起來梳過妝，

嘴唇上輕點一些深紅色。

向人微微露了舌，
唱一曲悠揚的清歌，
暫且讓櫻桃小嘴輕開啟。

羅衣袖子霑濡殘紅不算甚麼，
喝醉了被美酒倒污。
靠在錦鋪的牀上無限嬌軟，
嚼爛紅色的絨線，
笑著向郎君輕吐。

【賞析】

這首詞描寫一個歌女嫵媚嬌娜的情態，描繪的重點是她的小口。「曉妝初過，沈檀輕注些兒箇。」清晨，歌女精心梳妝打扮一番。還在嘴唇上點了一些類似現在口紅的沈檀。這種化妝品唐宋婦女多有使用它。如《花間集》中閻選的《虞美人》也寫過——「臂留檀印齒痕香」的句子。「向人微露丁香顆，一曲清歌，暫引櫻桃破。」這三句寫美人口引清歌，向人張開她那嬌小紅潤的櫻桃小口，微微露出自己的舌頭，有點羞澀，又有點得意。她還唱了一首清亮甜潤的歌曲，神情嬌媚可愛。上片除了第一句是間接咏口外，可以說是句句皆咏歌女之口：口注沈檀，口張舌啟，口引清歌。用「櫻桃」形容小口，已夠美的了，且接以一「破」字，既合韻，又非常新奇有味。

下片開頭兩句——「羅袖裛殘殷色可，杯深旋被春醪涴。」仍然咏口，只不過是間接的而已。羅袖被紅色的酒沾紅了，是因為用深杯大口喝酒的緣故。雖然寫的是袖子弄髒，但仍不離一「口」字。歌女終於醉了，她嬌倚繡牀，將嚼碎的紅絨吐向心上人。她是那樣嬌憨，那樣可愛，對心上人又是那樣深情。「嚼」、「笑」、「唾」，三個動作，又洋溢著多少生活情趣。雖然類似唾紅絨的男女間的戲謔，這種生活中的美，不知有多少人已經體驗過，但只有到後主才用詞的形式將它揭示並生動形象的表現出來，因為它寫出許多人想說但沒能表達出來的審美情趣，因此備受人們的稱賞。

這首詞對歌女的衣服裝扮、容顏聲音、動作以及個性，都做了充分精細的描繪，意象鮮明，氣氛活潑，使人如見其人，如聞其聲，尤其是將那撒嬌的神態，表現到無以復加的地步，這在以前的文學創作中還是極少見的。

玉樓春——李煜

【正文】

晚妝初了明肌雪❶，春殿嬪娥魚貫列❷。霓裳歌遍徹。笙簫吹斷水雲閒❸，重按霓裳歌遍徹❹。

臨風誰更飄香屑❺？醉拍闌干情味切❻。歸時休放燭光紅❼，待踏馬蹄清夜月。

【注釋】

❶晚妝：晚間梳妝。明肌雪：明潔雪白的肌膚。

❷嬪娥：宮娥、宮女。魚貫列：像游魚成陣，連貫排列。

❸鳳簫：竹製簫管，是一種精美的樂器。吹斷：吹盡、吹殺，吹到盡興之意。水雲閒（別的版本作水雲間）：水雲銜接一氣，悠遠閒淡。

❹重按：重奏，再演奏。霓裳：即《霓裳羽衣曲》。唐玄宗時著名的宮廷舞曲，至南唐已失傳，後主和大周后精通音律，經他們重新整理，重又清越可聽。遍徹：遍和徹都是大曲名目。

❺誰更：更有誰之意。香屑：這裏指粉屑狀的香料。

❻切：真切。

❼放：這裏有燃點的意思。

【譯文】

晚妝剛過，宮娥個個肌膚瑩白如雪，
她們在春殿裏連貫排列。
鳳簫盡興地吹著，響傳雲水意悠閒，
再演奏《霓裳羽衣曲》一直到了結。

臨風更有誰飄撒著氤氳的香屑？
醉時拍打欄杆，情味更加真切。
席散歸去時休要點亮紅燭，
且讓馬蹄踏著清夜的明月。

【賞析】

這首詞是後主前期的代表作之一。通篇描寫春夜宮中的歌舞宴樂，當然談不上甚麼高深的意緻，但寫得逸秀神飛。

首句「晚妝初了明肌雪」，宮娥晚妝初罷，個個明麗光艷動人，肌膚雪白如玉，這句固然寫出宮娥美麗有如天仙，實也暗示欣賞宮娥的後主飛揚的意興。次句，「春殿嬪娥魚貫列」、「春殿」兩字點時地之美，時是春天，地為宮殿，合之而雙美。「魚貫列」，形容宮娥之多，舞隊之齊整，同時讓人想見她們體態的輕盈，舞步的靈活，舞隊的多變，場面的歡快。「鳳簫吹斷水雲閒，重按霓裳歌遍徹。」樂器是精美華麗的鳳簫，樂曲是人間罕有的《霓裳羽衣曲》，這一切都和主人的身分相吻合。「吹斷」，盡興之意；「吹斷水雲閒」，笙簫之聲，與雲水一起飄蕩閒颺，悠悠揚揚，傳得很遠，更見所用樂器均不尋常。「重按」，不斷吹奏；《霓裳羽衣曲》是後主與大周后喜愛的歌曲，歌曲很長，音調高亢急促，盡情歡樂，更不是一般的宴會所能比擬的。

下片，「臨風誰更飄香屑」，「飄香屑」，承上片歌舞，似是宮女起舞時手持香料粉屑隨手飄散，春風吹拂，滿堂滿殿生香。「誰更」，是不確指之詞，在「魚貫列」的宮娥中分辨不出香屑是誰所撒，是一個人呢，還是幾個人？聯繫上片，「明肌雪」與「魚貫列」的宮娥，寫的是視覺；「鳳簫」之聲，「霓裳」之曲，寫的是聽覺；「飄香」，寫的是嗅覺；而「醉拍闌干情味切」的「醉」，又寫出味覺。真是色、聲、香、味之娛一應俱全。因醉而拍欄杆，更是沉溺於這一切的歡快之中，神采飛揚，流露出得意忘形之色了。

最後兩句，「歸時休放燭光紅，待踏馬蹄清夜月。」是備受後人欣賞的名句。舞宴上艷妝的宮娥，大放光明的紅燭，何其華貴輝煌！而舞宴之後，宮殿之外，月色清涼如水，又是另一種境界。前者熱烈，後者清幽。為了不破壞這清幽之景，連紅燭也不准燃點，讓馬兒慢悠悠地踏月而歸，也是一種難得的美好情趣——人在清涼的月色中，宮殿在清涼的月色中，連馬蹄發出的清脆聲音也在清涼的月色中，真是美極妙極！

這首詞是帝王富麗奢靡生活的寫照，但下片又包蘊文人的雅興。上片寫得濃豔，下片由濃而淡；上片喧鬧，下片由喧而靜。宮中舞宴是一幅畫，宮外馬蹄踏月又是一幅畫，相映而成趣。

子夜歌——李煜

【正文】

尋春須是先春早❶，看花莫待花枝老❷。縹色玉柔擎❸，醅浮盞面清❹。

何妨頻笑粲❺，禁苑春歸晚❻。同醉與閒評❼，詩隨羯鼓成❽。

【注釋】

❶須是：應該是。先春早：先於春，早於春的意思。

❷莫待：不要等待。

❸縹色：淺青色。玉柔：潔白而柔嫩，這裏指女人的手。擎：舉。

❹醅：沒有過濾的酒。

❺粲：歡笑的樣子。

❻禁苑：皇帝的苑囿，因為禁止人們隨便進去，所以叫禁苑。春歸晚：春天過去比較遲。意思是說春天的景色可供玩賞的時間較長。

❼閒評：隨意品評。別的版本作閒平。

❽羯鼓：匈奴族的一種鼓，也稱作兩杖鼓。形狀好像漆桶，下承以牙床，兩頭都可以打擊。

【譯文】

尋找春天應該要比春天早，
觀賞百花不要等到百花老。
潔白柔嫩的手把酒杯高擎，
酒雖未曾過濾卻分外明清。

不妨頻頻地粲然歡笑，
皇家苑囿的春色似乎放慢歸程。
一起暢飲酣醉，一起隨意說評，

歌詩隨著羯鼓的聲音賦成。

【賞析】

這首詞寫在明媚的春天裏，在禁苑中飲酒賦詩的閒適生活。「尋春須是先春早，看花莫待花枝老」兩句，一說「尋春」，一說「看花」，意謂人生應該及時行樂，這樣的解釋當然不錯，但是，似還有一層珍惜春光、珍惜青春之意，與唐代杜秋娘《金縷衣》「花開堪折直須折，莫待無花空折枝」意思較相近。

三、四兩句，「縹色玉柔擎，醅浮盞面清」，寫宮女潔白柔嫩的手舉杯敬酒，又寫酒糟浮起，酒色純清。美麗的宮娥，香醇的美酒，閒適得意的生活，是帝王奢靡、及時行樂的生活的寫照。而詞中「縹」、「玉」、「清」，淺淡的著色，使人感到溫柔而愜意。

下片，「何妨頻笑粲，禁苑春歸晚。」禁苑春色歸去比別處晚，說明他處春已歸去，而這裏依舊繁花似錦，一片春意。禁苑的管理無疑很周到，春天也顯得長了，「頻笑粲」，寫出貴為人主的李煜的得意神色。結尾兩句，「同醉與閒評，詩隨羯鼓成。」後主身邊聚集著一批文人墨客，酒酣耳熱，隨意品評，在羯鼓聲中限時限刻賦詩。詞中所寫，很能體現這位才子皇帝的個性和情趣。

詞寫的是賞花、飲酒、賦詩，這是很常見的題材，而後主之所以成為後主，是他懂得賞花、飲酒、賦詩中的美趣，並且把這種生活情趣中的美，用詞的藝術形式表現出來。

菩薩蠻——李煜

【正文】

花明月黯籠輕霧❶，今宵好向郎邊去！剗襪步香階❷，手提金縷鞋❸。

畫堂❹南畔見，一向偎人顫❺。奴為出來難，教君恣意憐❻。

【注釋】

❶黯：暗淡。籠：籠罩。

❷剗襪：穿襪踩在地上的意思。剗：本義為鏟平。

❸金縷鞋：鞋面上用金線繡成的鞋。

❹畫堂：彩畫裝飾的廳堂。

❺一向：即一晌。這裏有多時的意思。顫：這裏形容由於激動而身體抖動。

❻恣意憐：縱情盡意地憐愛。

【譯文】

鮮花明麗月色朦朧籠罩著一層輕霧，
趁著這大好的宵夜走向情郎身邊去。
襪子輕輕踩地踏上畫堂前的玉階，
纖纖的玉手提著雙金絲繡成的鳳鞋。

在畫堂的南邊見到心中思念的情郎，
長時間的依偎，半驚半喜，身子抖顫。
我找尋機會出來一趟實在有許多困難，
那麼就聽任郎君縱情地任意地愛憐。

【賞析】

這是一首描寫後主與小周后幽會的小詞。

小周后是後主周后（即大周后）的妹妹，她比周后小十四歲，當年李煜迎娶周后時，她剛剛五歲。十年的光景，她已出落成一個婷婷玉立的少女。周后生病期間，小周后常常進宮探望姊姊。也就在這期間，隨著接觸的頻繁，後主與小周后的感情發展到熾熱的程度。從這首詞，我們可以看出小周后對愛情大膽而熱烈的追求，看出她感情的純真。

「花明月黯籠輕霧」，這是一個月色朦朧，嬌花明艷，四處彌漫著輕霧的夜晚，如此良宵，如此優雅的環境氛圍，多麼適宜於有情人的幽會啊！「花明」、「月黯」、「輕霧」，三組多麼美好的圖景，而「輕霧」前著一「籠」字，境界全出，從而呈現出一種惝恍迷離，多少帶有一點神秘，卻又令人心醉的意境。這樣的良宵並不易得。「今宵好向郎邊去」，不知等了多少天，也不知等了多少夜，終於才盼到今宵，才盼到這個「花明月黯籠輕霧」的良宵！「好向」兩字，透露出小周后多麼喜悅的心情！這一句，自然細膩地刻畫出小周后唯妙唯肖的心理活動。但是，小周后畢竟是情竇初開的少女，她的心情不免亢奮而又緊張，何況所幽會的又是後主！接著，詞中出現這樣一個非常有意思的特寫鏡頭——「剗襪步香階，手提金縷鞋。」玉足踏地，僅僅穿著絲襪，金縷鞋提在纖手上，躡手躡腳，彷彿氣也不敢喘一聲，神情不安而且緊張，她是多麼擔心驚動了什麼：剗襪提鞋，展示了小周后的細心和精靈，同時也描繪出提心吊膽的神色。總之，幽會是那樣神祕！

小周后就這樣向著約會的地點畫堂南畔走去，那裏有位意中人在等著她。他們終於見面了，二話沒說，她已一頭撲在他的懷抱中，久久地、久久地依偎著他，由於驚喜而激動得渾身微微顫抖。「顫」字用得極妙，把小周后的緊張、喜悅、幸福以及心有餘悸的心情和盤托出，移易一字不得。「一向偎人顫」，幽會到了高漲。「奴為出來難，教郎恣意憐。」是女主人公的獨白。一「難」字，不僅寫出一個少女突破心理障礙的艱難，而且道出當時禮教的束縛，人事的阻隔，機會難得的種種困難。可見，一次幽會是多麼不容易啊！正因為如此，所以要「教郎恣意憐」——多麼火熱的情感全部濃縮在這五個字中！末句，把小周后的內心世界寫透。

這首詞寫得簡練明白，感情自然真率，讀後給人留下深刻的印象。當然，它的成功，與種種藝術手法的綜合運用更是分不開的，例如優美而迷離的環境選擇，細膩而自然的心理刻畫，傳神而生動的行動描繪，近乎口語的語言獨白，詞彙的錘煉和選取，美麗而動人的形象塑造，以及戲劇性的情節等。

菩薩蠻——李　煜

【正文】

蓬萊院閉天臺女❶，畫堂晝寢人無語❷。拋枕翠雲光❸，繡衣聞異香。

潛來珠瑣動❹，驚覺銀屏❺，夢臉慢笑盈盈❻，相看無限情！

【注釋】

❶蓬萊：古代傳說渤海中有蓬萊、方丈、瀛洲三座神山，上住仙人，並有不死藥。天臺女：相傳漢朝的劉晨、阮肇入天臺山採藥，遇見兩個女子，留住半年，回家時已過了七世，才知道那兩個女子是仙女。後人就把「天

臺女」作為「仙女」的代稱。天臺，山名，在今浙江天臺縣北。

❷晝寢：白天睡覺。

❸拋枕：拋蓋在枕頭上。翠雲光：形容女子的頭髮又黑又亮。

❹潛來：偷偷來。珠瑣動：身上珠子串起來的裝飾品和門上環環勾連的環瑣擺動。

❺銀屏：銀白色的屏風。

❻臉慢：即曼臉，美麗的臉。「慢」，曼的假借字。

【譯文】

蓬萊仙島般的院子緊緊關閉著，
天臺仙女白晝入睡，畫堂了無人語。
撒在枕上的秀髮又黑又亮分外明光，
身上華麗無比的繡衣可以聞到奇香。

他偷偷走來，串珠和環瑣微微擺動，
天臺仙女驚醒面對銀白色的圍屏。
睡夢初醒柔美的容貌笑臉盈盈，
兩人長久脈脈相看飽含無限深情。

【賞析】

這首詞描寫天仙般的少女晝眠，男主人公潛入深院窺看到她的睡態，無意中將她驚醒，於是，兩個人久久含情相看。

上片寫院靜和少女嫵媚的睡態。「蓬萊院閉天臺女，畫堂晝寢人無語。」這裏用蓬萊仙島來形容少女所住的深院，用天仙女來形容少女，說明環境的幽雅、少女的美麗都非人間所有，一入手就不同凡響，令人神馳。就在陳設很美的畫堂中，天仙麗質的少女正在晝眠，四周一片寧靜，鴉雀無聲。「拋枕翠雲光，繡衣聞異香。」這兩句描繪少女的睡態和衣香。一頭雲髮拋撒在枕上，烏黑發亮，身上華麗講究的睡袍散發著異香。一幅多麼動人的「少女晝眠」圖！

下片，情郎無意將少女驚動了。兩人相對而視，一片深情。「潛來珠瑣動，驚覺銀屏。」「潛來」，躡手躡腳，輕聲細步，說明男主人公本來不想驚動睡夢中的她，但由於「珠瑣動」，無意中把她吵醒了。一「驚」字，把少女剛剛醒過來那一瞬間的吃驚，以及男女主人公短暫的尷尬都表現無遺。這裏省卻了許多的敘述和描寫。「夢臉慢笑盈盈，相看無限情。」她雖然還帶有幾分朦朧的睡意，但最終明白了是怎麼回事，於是，報以他盈盈的一笑，動人的甜甜的一笑，兩個人默默相對，情意無限。眼睛是心靈的窗口，通過眼神，他們的情感得到充分交流，纏綿繾綣，真是此時無聲勝有聲。

有人認為，「天臺仙女」就是小周后，「潛來」的人就是後主，詞寫的是小周后初入宮的情形。這種說法可以參考。

菩薩蠻——李煜

【正文】

銅簧韻脆鏘寒竹❶，新聲慢奏移纖玉❷。眼色暗相鉤，秋波橫欲流❸。

雨雲深繡户❹，未便諧衷訴❺。宴罷又成空，魂迷春夢中！

【注釋】

❶銅簧：樂器中的薄葉，用銅片製成，吹起來會發出聲音。韻脆：指聲韻清脆動聽。鏘寒竹：指簫、笛、笙、竽等竹製的樂器發出的鏘然聲音。

❷移纖玉：移動尖細的手指。纖：細小。玉：指玉般的手指。

❸秋波：指女子的眼神。

❹雨雲：即雲雨，指男女的歡會。語出宋玉的《高唐賦》。

❺諧衷訴：諧合衷心的情愫。諧：和諧，滿足。

【譯文】

音韻清脆的銅簧，聲調鏗鏘的寒竹，
新譜的樂曲，款移玉指吹奏出。
眼色暗中相鉤，
眼波像秋水一樣滿溢欲流。
男女歡會在深閨繡戶，
卻不能滿足這種衷心的情愫。
宴會之後企望又落空，
心魂迷離，像在春夢當中。

【賞析】

細玩詞意，這首詞當是後主為一位他所傾慕的歌伎而作的。宴會上，詞人鍾情於一位美貌的奏樂女子。「銅簧韻脆鏘寒竹，新聲慢奏移纖玉。」這兩句描繪樂伎的演奏。上一句是「銅簧韻脆，寒竹聲鏘」的縮句。詞人用「銅簧寒竹指代笙簫一類的管樂器，意象較鮮明。樂伎纖纖玉指款移動，從容彈奏，好似一個特寫鏡頭。這個鏡頭突出了纖細的玉指，未見其人而令人想見其人，自然由玉指的美聯想到她容顏的美；這個鏡頭還強調了「慢奏」的動作，從容、嫻熟、手勢優美。而且，所彈曲子又是新曲，令人耳目一新。

三、四句「眼色暗相鉤，秋波橫欲流。」歌伎邊演奏，邊和詞人眉來眼去，向他暗送秋波。演奏不一定在大庭廣眾之中，但也絕不會只是詞人和她兩個人在場。這就使我們想起《楚辭．九歌．少司命》「滿堂兮美人，忽獨與余目成」的描寫。在好些人中，女樂伎唯獨對他一個人有情。人們常說，「眼能傳情」，這是不錯的。「眼能傳情」，在不便於用言語交流的場中，比如說，這種「情」不願意、或不便於讓第三個人過於了解，眼神、或者眼波就大大起作用了。詞中「暗相鉤」、「橫欲流」、「暗」字，就點明這種情的不好公開；「欲」字，則寫出兩情的熾熱程度。眼睛，把他們心中的靈犀一點溝通了。這兩句把有情人用眼神、秋波傳情描繪得出神入化。

下片，「雨雲深繡戶，未便諧衷訴。」大凡戀情男女，不免有時要想入非非的。上句，宕開一筆，是想像之詞。但想像終歸是想像。下句就說難以如願以償。兩情為甚麼「未便」和合？詞中沒有明言。可能是由於身分的懸殊。也可能有某種難言的阻隔。「未便」道出內心的苦衷。「宴罷又成空，魂迷春夢中。」「成空」前加一「又」字，說明他們在宴會上邂逅已經不是第一次了。這種用眼色、秋波交流感情達到熾熱程度也已經不是第一次了。一次又一次地期待，一次又一次地落空。最後一句，抒發「又成空」之感：「魂迷春夢中」。兩情未諧，又要分手了。後會何時，希望何在？難道一切不像是一場春夢嗎？迷離恍惚，真耶？幻耶？

這首詞寫眼波傳情及非非想像，淋漓地表現了青年男女的情感交流，寫得真誠可信，沒有流於油滑。兩情未諧，結以夢魂縈繞，創造出一種迷濛的境界，給讀者留下無窮韻味。

喜遷鶯——李煜

【正文】

曉月墮，宿雲微❶，無語枕頻欹❷。夢回芳草思依依❸。天遠雁聲稀❹。

啼鶯散，餘花亂❺，寂寞畫堂深院。片紅休掃盡從伊❻，留待舞人歸。

【注釋】

❶宿雲微：昨夜的雲彩稀微。

❷枕頻欹：頻頻傾斜在枕頭上。「頻」，有的版本作「憑」。

❸芳草：指代所懷念的女子。

❹雁聲稀：指音信稀少。雁能傳書，所以用雁聲代音信。

❺啼鶯散，餘花亂：啼鶯散去，枝頭的餘花亂落。這兩句和南齊謝朓《游東田》「鳥散餘花落」意思較相近。

❻盡從伊：任由它去。

【譯文】

早晨的殘月西墜，昨夜的雲彩稀微，
默默無言懶洋洋，只得頻頻向枕頭欹。
一夢驚醒，伊人何在思依依，
悵對遙空，遼闊渺茫音信稀。

驚散聲歇，餘花落亂，
畫堂和深院，一片寂寞無聲息。
落花遍地，聽任它不去打掃，
留給誰看？等待舞人歸。

【賞析】

這首小詞描寫詞人與一個舞人分別後所產生的深刻思念之情。

詞人生於帝王之家，成年後又貴為人主。由於封建社會的特殊環境，使他有機會與眾多女性接觸，何況他又倜儻（ㄊㄧˋ ㄊㄤˇ）風流，一往情深，所以與某舞女別後，魂牽夢縈，難以忘懷。此詞以「夢回」為基點，運用對環境的渲染、細緻的鋪墊描寫等手法，以孤寂朦朧的意境，暗喻對所懷念的人的一片深情。

上片寫夢醒並回憶夢境。曉夢醒來，但見殘月西沉，宿雲稀微，頻頻欹枕，心緒不寧。夢中多少事，只用「芳草思依依」五個字加以概括。我們知道，古典詩詞常用「芳草」指代所懷念的遠人，牛希濟《生查子》詞就寫過這樣的句子：「記得綠羅裙，處處憐芳草」，「羅裙」、「芳草」，都使人聯想起所懷念的遠人。「思依依」，夢魂縈繞，夢回仍然不能忘懷。「天遠雁聲稀」，「天遠」，空間的寥廓，離人正遠；「雁聲稀」，音信渺茫難憑。月墜、雲微，稀疏的雁聲，拂曉淒寂之景映襯出主人公離情之苦。

下片，轉寫庭院的暮春景色和對舞人的深切懷念。「啼鶯散，餘花落」，是暮春景色。「鶯啼」承上片歇拍「雁聲」，「餘花」映夢回的「芳草」，傷春暗喻傷別。庭院一片冷清，畫堂之內也是一片寂寞，這裏雖然沒有明寫主人公，但主人公的冷清孤寂自見。「片紅休掃盡從伊，留待舞人歸。」「休掃」用得很不尋常。「片紅」滿地，多少還留下春天的跡印，不要掃去，寫出主人公傷春、惜春的一片癡情。「盡從伊」，更翻入一層，原來「休掃」，更是為了「留待舞人歸」，真是別開生面，寄託了詞人美好的想像。

這首詞語淺意深，自然靈妙，曲折迷離，足見詞人的一片深情。

采桑子——李煜

【正文】

庭前春逐紅英盡❶，舞態徘徊。細雨霏微❷，不放雙眉時暫開。

綠窗冷靜芳音斷❸，香印成灰❹。可奈情懷❺，欲睡朦朧入夢來。

【注釋】

❶紅英：紅花。

❷霏微：彌漫的樣子。

❸芳音：美好的消息。

❹香印：即印香。唐代王建《香印》詩：「閉坐印香燒，滿戶松柏氣。」

❺可奈：無可奈何。

【譯文】

庭前春色隨著紅花落盡，
落花飛動像輕舞徘徊。
細雨迷迷濛濛，
不讓緊鎖的雙眉片時舒開。

綠窗裏淒寂沒有佳音，
印香焚盡空成灰。
無可奈何的情懷，
只望朦朧睡後做起美夢來。

【賞析】

這首傷春懷人的小詞，寫得幽怨深愁。詞中的主人公，在萬般無奈的情況下，只好希望快點入睡，做一個好夢。

「庭前春逐紅英盡，舞態徘徊。」在詞人眼中，落紅就像姿態優美的女子，翩翩地輕盈起舞，意象很美。但「舞態」後卻接以「徘徊」二字，不僅寫出落紅對春的依戀，也閒閒將詞人對春的依戀道出。落紅飛盡，似乎春的歸去，也是「逐」落紅而去的。紅花是春的象徵，春與她俱來，又與她俱去。落紅飛盡已使人十分難堪，又兼「細雨霏微」，一片迷濛，更攪得人心煩意亂。「不放雙眉時暫開」，雙眉緊鎖，片刻也不得舒展，愁苦是到了極點。此句上承「紅英盡」、「細雨霏微」而來；落紅、細雨本是無情之物，但恰恰是落紅與細雨「不放」他「雙眉暫開」。在詞人看來。無情人物如或有情，都故意來「搗亂」，都故意來撩撥他內心的苦痛。上片中，「逐」、「徘徊」、「放」，三個動詞的選用，把春、落紅、細雨人格化了，詞人傷春，似乎春、花、雨也在自傷。前三句看似寫景，但詞人之情已在其中。

下片，由庭前轉為室內。「綠窗冷靜芳音斷，香印成灰。」「冷靜」既寫環境，也寫出心境的冷清寂寞。「芳音斷」三字，揭示全詞主旨。原來詞人之所以雙眉不展，之所以感到春盡淒寂，都是因為他所翹盼的芳音全無。久久的盼望和期待，終於落空。一「斷」字下得慘。「香印成灰」，香料燃盡，為眼前之景，似乎信手寫來，不甚用心，但「成灰」一詞，又暗含失望、失意、無限感傷之情。睹物生情，心灰意懶。「可奈情懷，欲睡朦朧入夢來。」無可奈何至極，無法排遣，只好寄希望於夢鄉，仍希冀一見。夢境為幻，「夢」，照應上文「芳音斷」與「成灰」。人一旦到了要依賴夢幻來過日子，真是悲哀至極！但也正因為如此，此詞才將詞人的刻骨相思之情表露無遺，具有很強的藝術感染力。

長相思——李煜

【正文】

雲一緺❶，玉一梭❷，淡淡衫兒薄薄羅，輕顰雙黛螺❸。
秋風多，雨相和，簾外芭蕉三兩窠。夜長人奈何❹！

【注釋】

❶雲一緺：像雲般的頭髮挽成盤渦狀的髮髻。
❷玉一梭：梭形的玉簪。
❸輕顰：輕微皺眉。黛螺：古代婦女畫眉用的青黑色顏料，這裏指女子的眉毛。
❹窠：同棵。

【譯文】

髮髻梳得像盤緺，
插上玉簪像根梭，
衣衫淡淡羅裙薄，

蘊含幽怨眉輕鎖。
秋風瑟瑟聲響多，
秋雨瀟瀟兩相和，
簾外芭蕉三兩棵，
長夜人聽愁奈何！

【賞析】

這首詞描寫一個女子在秋風秋雨的長夜中的難堪心情和相思情意。

上片，描寫女子的雲髮、玉簪、衫裙和雙眉，是一幅著筆輕淡素雅的美女圖。「雲一緺，玉一梭，」寫她美麗的長髮和髮飾。「緺」、「梭」兩個量詞的選擇別出心裁，形象而又新穎，使人想見其雲髮的濃密和玉簪的細長。「淡淡衫兒薄薄羅」，寫穿著，不僅表現她妝束的淡雅，而且展示出她的風神韻緻。詞中雖然沒有正面描繪她的身材體態，但「薄薄羅」已暗自勾勒出她美麗的輪廓。「輕顰雙黛螺」一句，則隱隱傳出她的幽怨和相思之情。輕鎖雙眉，「輕」字用得有分寸，很準確，表現微微幽怨，與輕淡妝束所呈現的性格相諧調。

下片，描繪出秋夜難堪的環境以襯托相思女子的難堪心境。「秋風多，雨相和，簾外芭蕉三兩窠」，秋風瑟瑟，秋雨瀟瀟，風吹雨斜，雨隨風飄，風雨相和，吹打芭蕉，滴滴聲聲，一夜不絕，奏出聲聲愁曲。風聲雨聲，風雨吹打芭蕉聲，撩起相思女子纏綿不斷的相思之情，最後，她只能發出一聲「夜長人奈何」的長歎。

「雲一緺」三句，寫得不露聲色，筆調輕鬆明快。「輕顰雙黛螺」一「輕」字，漸次透露，下片急轉，愈寫愈愁苦，結句直吐胸情，噴薄而出。短短一首小令，寫得曲折有緻。

柳枝——李煜

【正文】

風情漸老見春羞❶，到處芳魂感舊遊❷。多謝長條似相識❸，強垂煙穗拂人頭❹。

【注釋】

❶風情：風月情緒，指男女在風前月下的歡快心情。

❷芳魂：這裏指春天的氣息，即柳條上的春意。

❸長條：這裏指長長的柳條。

❹煙穗：煙籠著條穗。形容柳條茂密。

【譯文】

風月歡情年老消退，
見到春光有點害羞，
到處是春光柳色，
都令人想起往昔之遊。
感謝長長的柳條，
頗得像舊時的相識；
它把帶煙的密穗，
盡力垂拂著人頭。

【賞析】

據傳，這首詞是後主題在宮人慶奴黃羅扇上的。詞屬於《楊柳枝詞》一類，這穎詞內容多是咏楊柳或與楊柳有關的事物，但這首詞卻翻新寫男女之情。

「風情漸老見春羞，到處芳魂感舊遊。」詞人慣於偎紅依翠，如今雖然是見春自慚，但面對到處都呈現著蓬勃生機的春色，怎麼不勾起舊遊似夢的感慨！這兩句寫得情景交融，水乳難分。「見春羞」，新而警，可以說是虛寫一筆；「感舊遊」才是詞人的真實感受。所以，下接以「多謝長條似相識，強垂煙穗拂人頭」兩句。春心動，煙霧籠罩的柳穗又拂著他的頭了，而這長條又是舊時相識之長條，當然也是當日他們在風晨月夕卿卿我我、互吐衷情的見證，語帶雙關。如今柳條又像昔日那樣又長又柔嫩，覩物思人，有不忘舊情之意。

漁父——李煜

【正文】

浪花有意千重雪❶，桃李無言一隊春❷。一壺酒，一竿身❸，世上如儂有幾人❹？

【注釋】

❶雪：指浪花白如雪。

❷一隊春：一派春色。

❸一竿身：身帶一根魚竿。

❹儂：我。

【譯文】

浪花滿懷情意捲起千重白雪，
桃李默默無言送來一派春光。
帶著一壺美酒，
攜上一根魚竿來垂釣，
世上有幾人像我這樣快活舒暢？

【賞析】

這一首和下一首《漁父》都是題在供奉衛賢《春江釣叟圖》上的。衛賢是當時有名的畫家，他擅長於樓臺、人物的工筆畫。

《漁父》一調常用來抒寫隱居之情。後主這兩首題畫詞，實際上是他理想情趣的一個方面。我們知道，後主是中主李璟的第六個兒子，後主的長兄弘冀被李璟立為太子之後，有時一意孤行，違背李璟旨意，因而引起李璟的不滿。李璟甚至揚言皇位要兄弟相傳，把國政交給弘冀的叔父景遂，弘冀便伺機派人把他毒死。李煜從小目睹宮廷血案，因此自甘寂寞，把功名利祿當作身外之物，成天陶醉於民族傳統文化，繪畫，寫字，作詩，填詞。他自號鍾隱，又有鍾山隱士、鍾峰隱士、蓮峰居士等別號。他有一首七律《病起題山舍壁》，大概就是自己一段隱居生活的寫照。

由於李煜青少年時期有著比較濃厚的自甘澹泊思想，所以這兩首題《釣叟圖》寫得感情純真。

「浪花有意千重雪，桃李無言一隊春。」在詞人筆下，千疊雪白的浪花，鮮艷無比的桃花李花都帶有深情厚意，這裏，沒有勾心鬥角，沒有暗算和傾軋；浪花、桃李，給人一種愜意舒暢的美好感受。提酒攜竿，世間能如此快活的可有幾人？垂釣的漁翁，閒適自得，樂在其中。這難道不是詞人心目中所嚮往的「桃花源」嗎？

小詞寫得短小精煉，不假雕飾，淡淡數筆，寫得醇濃有味，配以衛賢的佳畫，真是詩情畫意雙美俱備，稱得上藝術精品。

漁父——李煜

【正文】

一櫂春風一葉舟❶，一綸繭縷一輕鉤❷。花滿渚❸，酒滿甌❹，萬頃波中得自由。

【注釋】

❶一櫂：一把船槳。

❷一綸絲縷：一條釣魚的絲縷。綸：釣魚線，這裏作量詞用，指條。繭縷：即絲縷。

❸渚：江中的小塊陸地。
❹甌：古代的一種飲器，底平而體深。如：茶甌，酒甌。

【譯文】

春風中，一把船槳划著一葉小舟，
帶著一根釣魚的絲線，
帶著一個釣魚的輕鉤。
鮮花開遍了江上的小洲，
美酒斟滿了平底的酒甌。
面對著萬頃碧波，
我感到無限自由。

【賞析】

這首詞也是為《春江釣叟圖》而寫的題辭。

開頭兩句，「一櫂春風一葉舟，一綸繭縷一輕鉤」，用了四個「一」字，節奏明朗，富有韻味，但又不讓人覺得重複。「一櫂春風」，在春風中的一櫂，是倒裝語。一槳一小舟，一絲一輕鉤，寫得輕鬆自然。垂釣人輕鬆自如的愉悅心情在字裏行間流露出來。

「花滿渚，酒滿甌」，使我們想起上一首的「桃李無言一隊春」和「一壺酒」的句子。一葉小舟掩映在滿渚的春花之中，斟上滿滿的一甌美酒，自己飲將起來，何等閒適。詞人不禁為釣叟的美好情趣叫絕：「萬頃波中得自由」！

搗練子令——李煜

【正文】

深院靜，小庭空，斷續寒砧斷續風❶。無奈夜長人不寐❷，數聲和月到簾櫳❸！

【注釋】

❶寒砧：寒夜中的搗衣聲。

❷寐：睡。

❸簾櫳：掛著竹簾的窗格子。

【譯文】

深深的院落十分幽靜，
小小的庭子一片清空，
斷斷續續的砧聲，
伴隨著斷斷續續的寒風。
無可奈何呀，
在長夜中睡不著；
砧聲伴著月光，
傳到有竹簾的窗櫳。

【賞析】

這首《搗練子令》寫寒夜聞砧的情景。

「深院靜，小庭空」，環境十分幽靜寂寥，空蕩冷落。「深院靜」，本是從聽覺著筆。「小庭空」，才是從視覺著筆，因為詞中的主人公是在床上，所以將聽、想結合起來。這兩句寫景，同時寄託著後主自己孤獨淒清的心情。院靜庭空，還為第三句鋪墊，因為萬籟俱寂，因為庭院空曠，所以才能較清晰地聽到斷續寒風送來的斷續砧聲。第三句，連用「斷續」一詞，但兩處用法不同，前一個「斷續」是指搗練的砧聲間歇而有節奏，後一個「斷續」是寫風吹砧聲若斷若續，時有時無。

古人詩詞寫擣衣的不少，有的是從擣衣人的角度來寫，這首詞則是從聽聲人的角度出發——「無奈夜長人不寐」。因為整夜未眠，所以感到夜特別長，因此也就聽了一夜的砧聲，因此也就對時斷又時續，時續又時斷的砧聲特別敏感。「數聲和月到簾櫳」，由於不寐，舉頭望見簾櫳的月色，似乎感到斷續的砧聲是伴隨著月色來似的，一時，視覺與聽覺溝通了，月色是慘澹的，砧聲是淒涼的，二者交織在一起，嚴嚴實實地包圍著這位長夜不眠的人，真是「無奈」至極，痛苦至極！

謝新恩——李煜

【正文】

金窗力困起還慵❶。（餘缺）

【注釋】

❶這首《謝新恩》，王國維校補的《南唐二主詞》說：「已（以）下六首真蹟在孟郡王家」。孟郡即孟忠厚，字仁仲，宋隆祐太后兄，高宗紹興七年（一一三七）封信安郡王。王國維校補本「慵」字下註有「餘缺」二字。他認為這七個字據《全唐詩》、《歷代詩餘》應該放在下面第三闋的《謝新恩》「新愁往恨何窮」之後。

謝新恩——李　煜

【正文】

秦樓不見吹簫女❶，空餘上苑風光❷。粉英含蕊自低昂❸。東風惱我，纔發一衿香❹。

瓊窗夢□留殘日❺，當年得恨何長！碧闌干外映垂楊。暫時相見，如夢懶思量。

【注釋】

❶吹簫女：相傳秦穆公時，有個善吹簫的青年叫蕭史，穆公的女兒弄玉很喜歡他，後來穆公就把弄玉配給蕭史。弄玉跟從蕭史學習吹簫，簫聲清亮，引來鳳凰，夫婦駕鳳飛去。後人用「鳳去樓空」來形容樓空人去。

❷上苑：古代帝王飼養禽獸、栽植林木的遊獵場所。

❸粉英含蕊：粉花含蕊。粉英：白花。低昂：高下。低：下；昂：高。

❹一衿香：即一襟香。以人的感受來說明花香的程度。一說堂後（北）叫背，堂前（南）叫襟。一襟香，指堂前一面有香，所以說「纔發」。

❺瓊窗：玉窗，指精製華美的窗子。

【譯文】

秦樓上看不見吹簫的女伴，
空剩下上苑的無限風光。
粉花含蕊自管高下開放。
東風微拂使我憂傷，
儘管它才發散出襲人衣襟的清香。

玉窗下夢醒過來，看到殘留的陽光，
當年得來的怨恨多麼悠長。
碧欄杆外映照著條條垂楊，
暫時的相見，既然像夢，就懶得細加思量。

【賞析】

這首詞從詞意看，像是為悼念大周后而作的。後主十八歲，與昭惠后周娥皇成婚；娥皇稱大周后，是位貌美情深，又精通音律的女子。後主與大周后美滿的婚姻生活只維持十年，終因大周后紅顏薄命而結束。大周后去逝時，李煜下令為她隆重舉哀服喪，並親臨靈堂哭祭。大殮之日，李煜又把當日他們愛情的信物約臂玉環和燒糟琵琶親自放入棺梓，為她殉葬。同時，他還寫了兩首詩來追悼大周后，焚於她的靈前。李煜命石工把他親筆書寫，署名為「鰥夫煜」的千言《昭惠后誄》鐫刻在陵園石碑上，寄託他的哀思。

「秦樓不見吹簫女」，大周后能歌善舞，尤工琵琶，所以詞人將她比作善於吹簫，駕鳳飛去的弄玉。「不見」，人去樓空，見樓思人，起句已定下全詞感傷的基調。次句，「空餘上苑風光」。即承「不見」而來，因為人不見，所以上苑風光再美，也是「空餘」。「不見」，「空餘」都下得沉痛。「粉英含蕊自低昂，東風惱我，纔發一衿香」，「粉英」、「東風」、「一衿香」，都是美好的事物，承「上苑風光」；而「自低昂」、「惱我」、「纔發」這組感情色彩很濃的語辭，則暗映「空餘」、「不見」，明顯與「粉英」等相矛盾。因為「吹簫女」已經「不見」，春光無人觀賞，只好聽憑百花「自低昂」；東風雖然給萬物帶來生機，卻帶不回心上人，所以「惱我」；花氣襲人，但聯想到大周后謝世才二十多歲，不免有「纔發」之歎！

上片，眼前景物，無不注入感傷色彩，故逗起下片懷舊。「瓊窗夢□留殘日」，先墊一筆，不明說懷舊，而將舊事托之於夢；殘日瓊窗，夢醒後的環境。「當年得恨何長」，恩愛之日過於短暫，遺恨不能不覺愈長；因為恨長，所以更惜昔日之短。「碧闌干外映垂楊」，回應「空餘上苑風光」，今日之景還同當年之景，楊柳依舊低垂，依欄憑眺，不能不憶起種種往事，依依深情，化作綿綿長恨。「暫時相見」，是夢中相見；「如夢懶思量」，如夢中那樣相見，還是懶得細加思量為好。「懶思量」，是無可奈何，又故作超脫，是正面反說，正好看出他無時無地不能不加思量。

這首詞有兩種色彩並存，外界景物大多極華美，內心世界極悲恨，詞人的高超藝術手段，在於往往能在短短的一個句子中容納下這相互矛盾的東西，並通過華美來反襯悲恨，從而加一倍地寫出悲恨，取得了很好的藝術效果。

謝新恩——李煜

【正文】

櫻花落盡階前月，象牀愁倚薰籠❶。遠似去年今日恨還同。

雙鬟不整雲憔悴❷，淚霑紅抹胸❸。何處相思苦？紗窗醉夢中。

【注釋】

❶象床：用象牙裝飾的床。薰籠：同熏籠，上面蓋籠的熏爐。貴族婦女常用的器物。

❷雙鬟：兩個鬟形的髮髻。雲憔悴：指如雲的頭髮蓬鬆，顏色乾枯憔悴。

❸紅抹胸：紅色的胸前小衣，俗名「兜肚」。

【譯文】

櫻花盡掉在灑滿月光的臺階下，
人躺在象床上愁傍著薰籠。
心情和景況，
遠和去年的今天相同。

兩個鬟形的髮髻無心梳理如飛蓬，
雙淚暗流霑濕了紅色的抹胸。
在哪裏挨受相思之苦呢？
就在紗窗內如醉如夢當中。

【賞析】

這是一首抒寫貴族婦女思念心上人的小詞，它不像花間詞那樣流於淫靡，津津樂道於女子的體態身姿，而只以情取勝。

「櫻花落盡階前月，象床愁倚薰籠。」首兩句就描繪了一幅景緻美麗，又能表現淡遠哀愁的畫面：春光將逝，櫻花滿地；明月當空，傾灑階前；房中貴婦，象床之上，百無聊賴，愁倚薰籠。寫得錯落有緻。這時，女主人公想起往昔和「他」在一起的日子，而如今心上人已不在身邊，「去年今日恨相同」，這種愁苦情況已不止一年。時光流逝，年華流逝，申足了上句「愁」的內容。

下片，繼續寫相思之苦。「女為悅己者容」，也就是說女子為喜悅自己的人而打扮，如今與心上人分別了，怎麼能不「雙鬟不整雲憔悴」呢？既無心打扮，又刻骨思念，眼淚不住往下掉。首如飛蓬，淚霑抹胸的肖像刻畫，具體生動地寫出她的愁苦。「何處相思苦？紗窗醉夢中。」最後以設問設答結束全詞。「何處」的「處」，也可作時間理解，例如柳永《雨霖鈴》中的「方留戀處」和岳飛《滿江紅》中的「憑闌處」，「處」字都是空間詞活用以指時間。醉，本來可以消愁；夢，本來可暫時解脫。但這兩處都不能消愁解脫，相思之苦就可想而知了。

謝新恩——李煜

【正文】

庭空客散人歸後，畫堂半掩珠簾❶。林風淅淅夜厭厭❷。小樓新月，回首自纖纖❸。（下缺）

春光鎮在人空老❹，新愁往恨何窮❺！（下缺）一聲羌笛❻，驚起醉怡容❼。

【注釋】

❶珠簾：珠子綴成的掛簾。
❷林風：樹林吹來的風。淅淅：形容輕微的風聲。厭厭：長久的意思，略同漫漫。
❸纖纖：細小的樣子。
❹鎮在：時常在。
❺（下缺）：見《謝新恩》第一闋注。或以為缺句即是——「金窗力困起還慵」。
❻羌笛：樂器名，原出於羌族。
❼怡容：即怡顏。和顏的意思。

【譯文】

筵席散了，客人走了，庭院一片空寂，
彩畫的廳堂，垂掛的珠簾半開半掩。
樹林裏吹來的風聲淅淅，長夜漫漫，
小樓東邊則升起一彎新月，
回頭觀望，新月纖纖細細。

（缺文）

春光常在，人卻徒然變老，

新的憂愁，舊的怨恨，無窮無盡。

（缺文）

猛然間聽到一聲羌笛，

吃驚地抬起醉中的和悅面容。

【賞析】

這首詞有殘缺。有的版本在第二處缺文中補上「金窗力困起還慵」一句。

細玩詞意，這首詞似也是描寫 位宮中貴婦生活的。

「庭空客散人歸後，畫堂半掩珠簾」。首二句敘事兼交代女主人公所處的環境。盛筵散後，客去庭空，珠簾半掩，她在畫堂中不免感到孤寂。「林風」三句，轉寫夜長獨對新月。由於夜長人不寐，所以淅淅的林風聽得格外清晰，這時一彎纖纖新月斜照小樓。新月纖纖有如美人的娥眉，景緻很好，但「纖纖」前面有一「自」字，則將女主人公感到無人同賞的寂寞冷清之情注入客觀之景。

如果說，上片敘事寫景，景中有情的話，那麼，下片就是偏重於直抒胸情了。「春光鎮在人空老，新愁往恨何窮！」甚麼新愁舊恨如此無窮極？沒有交代，但從上片孤寂的描寫，愁、恨無疑偏重於情感，偏重於閨情。愁、恨，不僅有新，而且有舊，由來已非一日，因此面對春光，感歎年華流逝，青春不再。「一聲羌笛，驚起醉怡容」。「醉」，照應篇首筵客；正當女主人公陷於沉思之時，傳來一聲羌笛，將她驚住。以羌笛作結，在女主人公孤寂的心境中又添上淒清的一筆。

謝新恩——李煜

【正文】

櫻花落盡春將困❶，鞦韆架下歸時。滿階斜月遲遲花在枝。

（缺十二字）徹曉紗窗下❷，待來君不知。

【注釋】

❶春將困：即春色將盡。困：困頓、衰老意。

❷徹曉：徹夜，即通宵。

【譯文】

從鞦韆架下回來時，

才知道櫻花落盡春色衰微。
這時滿階斜月遲遲移動，
它的光影下彷彿還有殘花在枝。

（缺文）
通宵未眠，徘徊在紗窗下，
等待君來君卻不知。

【賞析】

詞的下片有缺，姑且就殘文做些分析。

盪鞦韆是古代少婦少女一項活動，詞人常描寫及。詞中的主人公盪罷鞦韆歸來時，無意發覺「櫻花落盡」，春將歸去，傷起春來。「滿階斜月遲遲花在枝」，這時已是夜晚，月色很好，花影在枝。「斜月遲遲」，是客觀景色的描繪，也是女主人公的感受。她凝視戶外已經很有些時候，以致能細微地體察出月亮位置的不斷移動。原來，她是一腔心事無法排解呢！「徹曉紗窗下，待來君不知。」女主人公由看月影移動，進而徹夜未眠，究竟為甚麼？僅僅是傷春嗎？最後一句揭示她內心的祕密，原來，她在等著心上人，但奇怪的是心上人卻未必知道她正在等待。看來，這位女主人公由傷春而產生遲暮之感。她心中熱戀著一個人，並一廂情願地徹夜等著他——可憐的單相思！比較細緻入微地刻畫了懷春女子的心理活動。

謝新恩——李煜

【正文】

冉冉秋光留不住❶，滿階紅葉暮❷。又是過重陽❸，臺榭登臨處❹。茱萸香墜❺，紫菊氣❻，飄庭戶，晚煙籠細雨❼。嗈嗈新雁咽寒聲❽，愁恨年年長相似。

【注釋】

❶冉冉：柔弱緩慢的意思。
❷暮：這裏指晚秋。
❸重陽：農曆九月九日稱重陽節，有登高的風俗。
❹臺榭：建在高臺上的敞屋。
❺茱萸：植物名。古時風俗，九月九日登高要插茱萸，可以避災。

❻紫菊：紫色的菊花。

❼晚煙：即暮煙。

❽噰噰：象聲詞，雁叫的聲音。咽，嗚咽。低低的哭泣聲。

【譯文】

秋光緩慢無力地消逝，想留又留不住，
晚秋落下滿階的紅葉令人淒楚。
又到了要過重陽佳節的時候，
該到高臺亭榭處去登臨遠眺。
茱萸的香氣已經墜失，
紫菊的香氣卻飄灑庭戶。
傍晚的輕煙籠罩著細雨。
新雁叫著噰噰的淒咽聲，
愁和恨卻年年長是相似。

【賞析】

這首詞萬樹《詞律拾遺》卷二列入「補調」，未注：「此詞不分前後疊，疑有脫誤。」

悲秋是古代詩詞常見的題材，具體說，這首詞寫的是重陽時節晚秋的淒涼情景，抒發詞人胸中悠長的愁恨之慨。

「冉冉秋光留不住，滿階紅葉暮。」滿階紅葉，看似絢麗而實際卻非常淒清；即使這淒清的秋色，也無法留住。透露出詞人一片惆悵感傷的情緒。又到了重陽，又是該登高了。但是，「茱萸香墜」，連茱萸都枯萎了，可見心緒全無。「紫菊氣，飄庭戶」，振起一筆，紫菊香氣飄滿庭戶，在一片衰殺的深秋，算是給人一點安慰吧？但這一點香氣，又怎敵得過悲涼的氣氛。晚煙裊裊，籠罩在一片迷濛的細雨中，又是一悲；新雁南飛，嗈嗈咽咽，鳴叫在寒空中，聽了說人心寒，又是一悲。層層鋪墊，最終逼吐出「愁恨年年長相似」一語。年年悲秋，今又悲秋；年年擁愁帶恨，今又擁愁帶恨。愁恨何其多，又何其長！淒清的氛圍，正好烘托出內心的愁恨悲苦之緒。

阮郎歸——李煜

【正文】

東風吹水日銜山❶，春來長是閒❷。落花狼藉酒闌珊❸，笙歌醉夢間。

佩聲悄❹，晚妝殘。憑誰整翠鬟❺？留連光景惜朱顏❻，黃昏獨倚闌。

【注釋】

❶日銜山：這裏指太陽將落山。

❷長是閒：長久空閒，經常空閒。

❸狼藉：亂七八糟，雜亂不堪。闌珊：將盡的意思。

❹珮：環珮，佩帶在身上的一種裝飾品。

❺憑誰：依著誰。整翠鬟：即梳頭。翠：指鬟色烏黑。鬟：指髮髻。

❻朱顏：紅顏，指女子的容貌。

【譯文】

東風輕吹著流水，太陽一半落山，

入春以後，長久長久地空閒。

落花雜亂堆積，美酒喝多興衰殘，

樂聲還吹奏在如醉如夢之間。

珮飾的聲音悄停，晚上的打扮卻欠齊全。

要靠誰來替我梳整髮鬟？
留連美好的光景，更珍惜青春的紅顏，
黃昏時萬般無奈，只好獨自憑欄。

【賞析】

這首詞一些本子題下有「呈鄭王十二弟」及「東宮府印」的注文，但從內容看，寫的是女性懷人的孤寂之情，似不必一定將它作「思弟」之作看。

「東風吹水日銜山」，東風、流水、夕陽，是春天傍晚的景色。「春來長是閒」，「閒」，空閒、優閒；「長是閒」，閒得過分了，則空虛、無聊；而且，這樣空虛無聊的日子已非一日，自春來一直如此，可見孤寂之甚。「落花狼藉酒闌珊，笙歌醉夢間。」這兩句是這天傍晚「閒」的具體抒寫，也是自春來「閒」的具體抒寫。「落花狼藉」，暮春之景，也是傷春之詞。春來一直空虛無聊，已覺難堪，面對暮春狼藉的落花，更加難堪，既傷春又自傷。所以只好暫借酒盞笙歌以排遣，但又難以排遣，常常處在昏昏沉沉的醉與夢的狀態之中。

為甚麼自春來她一直鬱鬱寡歡，為甚麼她對「落花狼藉」如此敏感：下片揭示主旨。原來女主人公心中有一段心事。換頭，「珮聲悄，晚妝殘」，這一層寫出她暮春的難堪之狀。由於心事重重，她連動都不想動一動，所以身上的佩飾悄然無聲，晚妝也懶得梳整。「憑誰整翠鬟」，上兩句敘事，這句敘事兼內心獨白。聯繫《詩經》上所寫丈夫遠出，思婦無心打扮的寫法，這首詩的女主人公的孤寂、百無聊賴以及無心整妝梳理，當也是與心上人離別、對他刻骨思念所致。至此，全詞的旨意醒豁了。結尾兩句，「留連光景惜朱顏，黃昏獨倚闌」。在留連春天的光景中，女主人公不免珍惜起青春的容顏來。上片說春來長是閑，可見與心上人離別已經很有些時日了。春光易逝，青春易失，因此不能不有所感慨。在一片暮色中，她獨倚欄杆，真是無可奈何。結句一「獨」字，正與上片的「閑」字相照應，生動地傳出思婦的幽怨之情，也給讀者留下回味的餘地。

清平樂——李煜

【正文】

別來春半❶，觸目柔腸斷❷。砌下落梅如雪亂❸，拂了一身還滿。

雁來音信無憑❹，路遙歸夢難成。離恨恰如春草，更行更遠還生。

【注釋】

❶春半：春天過去一半。

❷觸目：眼睛看到的。

❸砌下：臺階下。

❹雁來：《漢書．蘇武傳》，有憑雁足傳書信的記載，後代常用「雁來」表示書信或音信。

【譯文】

分別以來已是春光過半，
雙眼所觸，都使人愁腸寸斷。
臺階下的落梅如雪紛飛，
拂過了還是把人的一身霑滿。

雁飛來了，可音信還是無憑，
路途遙遠，做夢回去也難成。
離恨難消，正如連綿春草，
越是走得遠，它越是更多地生。

【賞析】

這是抒寫離情別恨的佳篇，傳誦很廣。

「別來春半，觸目愁腸斷」。開篇則直吐胸情。「春半」正是春意最濃之時，柳已轉青，花已綻朵，面對此景，本當賞心悅目，陶醉其中。但因為與親人別離，「觸目」所見，一切美景反而使人寸寸腸斷；親人不在身邊，辜負這人好春光，好不感傷。「愁腸斷」，寫出離別之苦；「斷」字下得淒慘。「砌下落梅如雪亂，拂了一身還滿。」「落梅」是主人公「觸目」所見無數端中的一端。詞人不僅寫其見，還進而寫其感受。落梅如雪，不能說不美，但後著一「亂」字，感受就在其中。透露了主人公紛亂的情緒。而且，梅花的葉片，似乎有意和他搗亂似的，把它們拂去了，隨即又把一身霑滿；紛亂的離愁，不也是如此嗎？剛把它趕走，它又霑上你，實際上是一直沒能趕走。「落梅」兩句寫景敘事，但情已在其中。

下片，仍承「觸目」而來，又拈出「雁」與「春草」鋪寫，境界較上片闊遠，愁緒也進一步加深。「雁來音信無憑，路遙歸夢難成。」抬頭，望見遠雁高飛。兩句十二字四層意思：春天大雁北還，而遠人未必懂得歸來，一層；雁可傳書，而音信無憑，二層；路遙難歸，三層；不僅難歸，連歸夢因路遙都做不成，四層。夢，作為一種精神狀態，是無遠而不至的，為了強調離別的愁苦，詞人翻出路遠難成的說法，真是「無理」而妙極。最後兩句寫得新警：「離恨恰如春草，更行更遠還生。」「落梅」兩句，以景為主，一「亂」字稍稍透露；「雁來」兩句，前句側重實景，後句以虛筆寫情；這兩句以情為主，以景為賓，不過是借眼前之景來喻離情而已。「觸目」所見三景，用筆饒有變化，而愈寫情感愈深。「春草」是遠眺所見，因此聯想到離恨。春草無處不有，離恨綿綿不盡；春草無遠不生，離恨浩渺無壤，譬喻新穎、恰到好處。宋代歐陽修《踏莎行》中的「離愁漸遠漸無窮，迢迢不斷如春水」，秦觀《八六子》中的「恨如芳草，萋萋剗盡還生」等，都是從李煜詞脫化出的。

這首詞抒寫離情，脫盡鉛華，不假雕飾；運用白描和比興的手法，僅就落梅、鴻雁、春草三種鮮明的意象落筆，或寓情於景，或情景相生，或以景喻情，把人類最普遍、最抽象的離愁別恨的思想感情，形象、具體、生動地表現出來，具有極高的藝術概括力和強烈的感染力，能夠引起讀者的共鳴。

采桑子——李煜

【正文】

轆轤金井梧桐晚❶，幾樹驚秋❷。晝雨新愁❸！百尺蝦鬚在玉鉤❹。

瓊窗春斷雙蛾皺❺，回首邊頭❻，欲寄鱗遊❼，九曲寒波不溯流❽。

【注釋】

❶轆轤：井上汲水的工具。金井：井欄雕飾有金屬的水井。

❷驚秋：被秋風驚動。

❸晝雨：白天下雨。

❹蝦鬚：指垂簾，因它的形狀像蝦鬚，故稱。

❺璚窗：玉窗。指華美的窗戶。雙蛾皺：雙眉毛皺緊。蛾：蛾眉；皺：皺縮。

❻邊頭：指遙遠的地方。

❼鱗遊：指書信。鱗：指魚，古代有魚腹藏書的傳說。

❽九曲：指水流有很多曲折。古代有「九曲黃河」之說。溯：逆流而上叫溯。

【譯文】

傍晚在轆轤金井的旁邊，

幾株梧桐在風中驚覺迎著秋。

白天下雨添了新愁，

百尺垂簾捲上玉鉤。

玉窗邊春情斷絕雙眉皺緊，
回首望著遙遠的邊頭。
想把書信寄游魚傳遞，
怎奈寒波曲折難於上溯逆流。

【賞析】

這首詞的作者，有認為是牛希濟的作品，有認為是晏幾道的，但一般認為是後主所作。

詞寫一個女子秋緒無限，與心上人遠別，而離情難寄。

「轆轤金井梧桐晚，幾樹驚秋。」「金井」，可見不是一般人家，暗點女主人公的身分。這裏不說女主人公被秋風所驚，而說幾樹梧桐驚秋，女主人公對秋天到來的敏感明白可知。「驚」字用得妙，不僅寫出秋天的蕭瑟，而且道出女主人公對秋天這麼早就到來的吃驚。這兩句雖是描繪環境，但愁緒已暗寓其中。「晝雨新愁，百尺蝦鬚在玉鉤。」時間是白晝，窮極無聊，捲簾看看戶外景色，沒想到正在下雨，如煙如織，綿綿無邊，使得舊恨更添新愁。上片寫出環境的淒涼，獨處的寂寞窮愁。

下片，交代女主人公與心上人遠別，情意難寄的痛苦。「瓊窗春斷雙蛾皺，回首邊頭。」「春斷」，春天早已過去，由春而夏，不期卻到了秋天。春天，在女主人公心中留有一段美好的記憶，如今，春已過了，美好的東西也「斷」了。「邊頭」指心上人已在遙遠的地方。因此，她不能不緊鎖雙眉了——在秋天到來之際，回想起來多麼痛苦。那麼，不妨寄書表達自己的情意吧。可是「九曲寒波不溯流」，道路又遠又曲折，無由寄達。「鱗遊」，用的是漢樂府鯉魚傳書的典故，詞人巧妙地將它和九曲黃河聯繫起來。黃河九曲，又得溯流而上，何況又是寒秋，小小的鯉魚何能勝任傳書之事。至此，女主人公全然絕望了。

虞美人——李煜

【正文】

風迴小院庭蕪綠❶，柳眼春相續❷。憑欄半日獨無言，依舊竹聲新月似當年。

笙歌未散尊前在❸，池面冰初解。燭明香暗畫樓深，滿鬢清霜殘雪思難任❹！

【注釋】

❶庭蕪：庭院叢生的雜草。有的版本作風回小院庭蕪綠。

❷柳眼：剛生的柳芽。春相續：意思是春來庭中的草先綠了，接著稚柳也吐芽了。

❸尊前：指酒筵。

❹滿鬢清霜殘雪：滿頭的鬢髮都變成霜雪般斑白。思難任：愁思難堪。

【譯文】

東風蕩迴小庭院，叢生的雜草變綠，
柳樹也綻開細小的嫩芽，可說是春光相續。
獨自憑欄遠眺，大半天默默無言，
竹聲和新月都好像往年。

笙歌未散，筵席仍在，
池面上的冰凍開始融解。
畫樓上燭光明亮，暗香浮動夜已深，
鬢點清霜，髮如殘雪，愁思難忍。

【賞析】

這是一首撫今憶昔詞，可與作者另一首《虞美人》（春花秋月何時了）比並欣賞。

「風迴小院庭蕪綠，柳眼春相續。」春風吹拂，先是小院的雜草轉綠，接著柳樹又吐了芽眼。在詞人看來，春光相續不斷。「柳眼」，元稹的《寄浙西李大夫》四首之一：「柳眼梅心漸欲春」，李商隱《二月二日》：「柳眼梅心漸欲春」，都用過這一語辭；這首詞用「柳眼」與青草相續，把春光寫得如或有情。這裏寫的是今景。春光明媚，但詞人沒有半點心緒。「憑欄半日獨無言，依舊竹聲新月似當年」，以「憑欄」轉入難堪之情。憑欄半天，時間不可謂不長，這中間種種思緒翻騰心頭。然而詞人僅僅以「獨無言」三字出之。「無言」不是無話可言，而是不肯言、不必言、不堪言；「無言」二字，濃縮著千語萬言！兩個字把極端痛苦的心情徐徐道出。「依舊」，別說今非當年，合上兩句而觀，綠草似當年，柳眼似當年，竹聲似當年，新月似當年，總之，一切春天的風物似當年，而唯一不似當年的只是心境，痛苦的心境。

下片，「笙歌未散尊前在，池面冰初解。」這兩句仍承「當年」。當年春筵之時，池冰乍溶，陽氣復蘇，笙歌未散，美酒當筵，華貴歡樂，歷歷在目。而如今：「燭明香暗畫樓深」，一片淒寂；顧影自憐，則是「滿鬢清霜殘雪」，鬢髮皆白。「笙歌未散」，反襯今日淒寂衰老，上片的明媚春光，也遙襯今日的朱顏已改。「思難任」三字，則揭示「滿鬢清霜殘雪」的緣由，憂思難忍，所以致使鬢髮如雪；當然，鬢髮如雪，反過來又使他愁思難堪。

自然界的春天到來了，但是春天再也不屬於詞人。

烏夜啼——李煜

【正文】

昨夜風兼雨，簾幃颯颯秋聲❶。燭殘漏滴頻欹枕❷，起坐不能平。

世事漫隨流水，算來一夢浮生❸。醉鄉路穩宜頻到❹，此外不堪行❺。

【注釋】

❶簾幃：簾子和帷幕。颯颯：風雨聲。

❷漏滴：漏壺滴下的水點。古時用漏壺計時。壺中盛水，底下穿一孔滴水，中間插一枝刻有符號指示時辰的漏箭（又叫漏刻），以水滴漏多少來計時。頻欹枕：頻頻傾側在枕頭上。

❸浮生：浮動短促的一生。

❹醉鄉：醉酒入夢鄉。

❺不堪：即不可、不能。

【譯文】

昨天夜裏刮風又兼下雨，
窗簾帷幕颯颯一片秋聲。
眼看燭滅耳聽漏滴頻頻欹著枕，
站起來又坐下去內心忐忑不安。
世事空隨水流而去，
算起來像做夢一樣，這就是人的一生。
只有「醉鄉」中的路才算安穩，
其餘任何道路都不能行。

【賞析】

這首秋夜抒懷詞，抒寫苦悶難堪及人生如夢之情，情調低沉。

「昨夜風兼雨，簾幃颯颯秋聲。」起首，就把環境描寫得淒楚無比，主人公從簾幃的颯颯作響，判斷出那是秋風秋雨所為，不眠人對外界的一聲一響都特別敏感。這種淒楚的環境真使人發怵，對於心境本來就很壞的人更是莫大的刺激。「燭殘漏滴頻欹枕，起坐不能平。」這兩句承「昨夜」敘事。簾外是風聲雨聲，簾內是漏滴之聲，聽了一整夜，聽到燭滅漏斷（「漏滴」有的本子作「漏斷」）。在這一夜中，他躺也不是，坐也不是，起來也不是，總之，不知如何是好。真是心煩意亂到了極點！

上片寫景敘事，愁情已在其中，下片由愁情翻進一層，感慨人生。「世事漫隨流水，算來一夢浮生。」這種對人生的感慨，似融會李白詩文之意而成。《夢遊天姥吟留別》詩說：「世間行樂亦如此，古來萬事東流水。」《春夜宴從弟桃花園序》說：「浮生如夢，為歡幾何？」詞中「漫」、「算來」兩個語辭，看似漫不經心之筆，卻將對人生、世事的迷惘、疑惑之感充分地表現出來。既然萬事不過如流水，既然人生不過一夢而已，所以對世事、對人生都不能、也不必太清醒、太執著；太清醒、太執著只能是自尋煩惱，如昨夜似均自我煎熬。而要做到不清醒、不執著，沒有其他路可走，唯一的只有「醉鄉路」這一條，又平又穩，沒有風浪。精神上自我麻醉，就沒有所謂痛苦不痛苦了。

後主在上片敘事時，故意不將「起坐不能平」的原因點破，因而賦予此詞感歎人生的情感帶有十分普遍的意義，儼然有釋迦、基督擔荷人類罪惡之意。因此，這種人生感慨每個讀者都可以根據自身的生活經驗加以體會、發揮。這也是這首詞之所以特別受到後人喜愛並引起共鳴的原因。

臨江仙——李煜

【正文】

櫻桃落盡春歸去，蝶翻金粉雙飛❶。子規啼月小樓西❷。畫簾珠箔❸，惆悵捲金泥❹。

門巷寂寥人去後，望殘煙草低迷❺。爐香閑裊鳳凰兒❻，空持羅帶❼，回首恨依依❽。

【注釋】

❶金粉：即鉛粉，女子化妝顏料。這裏指帶粉蝴蝶的翅膀。

❷子規：即杜鵑鳥。傳說是蜀國皇帝杜宇死後魂魄所化，春末夏初啼叫，聲音淒厲。啼月：在月夜啼叫。

❸珠箔：即珠簾。

❹金泥：指金泥色的簾箔。

❺煙草：煙霧籠罩的草叢。低迷：模糊不清。

❻裊：這裏形容爐煙繚繞上升。

❼鳳凰兒：指衾被上的文飾。這裏暗喻小周后。

❽羅帶：絲織的帶。

【譯文】

櫻桃落盡，春已歸去，
粉蝶翻翅，成雙而飛，
月夜子規啼，聲傳小樓西。
窗上畫簾門上珠箔，
滿懷惆悵捲起。

門巷寂靜，人已散去，
放眼窗外殘景，但見煙草低迷。
爐煙香裊裊，可憐鳳凰兒，
美人憔悴，羅帶空持，
回首瞻顧，怨恨依依。

【賞析】

宋太祖開寶七年（西元九七四年），宋兵伐江南，次年十一月破南唐國都金陵。這首詞當是開寶八年夏初李煜在被圍城中寫的。

櫻桃落盡，蝶翻金粉，都是初夏之景。本來，花開花落，果結果落，蛺蝶生粉，雙飛產子，春歸夏來，乃是自然之道，一般人不至於由季節的變化而感到特別懊惱。但大兵壓城，被圍困的李煜卻很容易由春歸聯想到國脈的衰危，甚至聯想到宗廟社稷的難保，所以心情就很不同了。他看見櫻花落盡，看到蛺蝶生粉都要感傷，更兼「子規啼月小樓西」，慘澹的月色，杜鵑揪人心肺的悲啼，當然愁苦難耐，怨恨難耐。值得注意的是，首句還暗用了古代天子以櫻桃獻宗廟的典故，「櫻桃落盡」，宗廟何獻？自然界春已歸去，南唐國的「春色」也將歸去，寓意極深，痛苦的情感自在其中。「小樓西」，暗點詞人居所。「畫簾珠箔」，小樓，原與外界隔絕；「惆悵捲金泥」，因惆悵，故將金泥色的簾箔捲起。詞人或許想借戶外的景物，暫且慰藉胸中的鬱悶，不期窗外的櫻桃落盡，粉蝶一點也不解人意地翻飛，還有那子規的啼月，不僅未能得到寬慰，反而使他加倍黯然神傷。上片用的是倒敘法。

下片緊承上片「月」，寫夜。「門巷寂寥人去後」，入夜，門巷人已散去，一片寂寥。「笙簫吹斷雲水間，重按霓裳歌遍徹。」往常宮廷火燭通明，歌舞喧騰的熱烈景象已經不復見了。都城被圍，人人危殆，吏民散盡，宮門掖巷，官衙民坊，無不死一般的沉寂。草叢煙霧籠罩，影像模模糊糊，陰森淒涼。詞人在「煙草低迷」前冠一「殘」字，則眼中所見無非殘景，就連這偌大的家國，不也僅僅是殘山剩水嗎？「三千里地」，所餘幾何？雖是寫景，卻注入詞人強烈的感情色彩。

「爐香閒裊鳳凰兒」三句轉寫室內，輕煙閒裊，從氛圍看，似不異往昔。「鳳凰兒」，本指衾被文飾，但北朝庾信又有「可憐窠裏鳳凰兒」的詩句，聯繫下句「羅帶」，此處則暗喻小周后。情感率真的李煜，都城被困，死生難料，面對緊鎖秀眉、空持羅帶的美人，更是煩躁而不安，大有垓下之圍「虞兮虞兮奈若何」之慨。回首瞻顧，恨情依依。宗廟難保，山河難保，美人難保，自身難保；然而又依戀宗廟，依戀山河，依戀美人，依戀自身的身世。「恨依依」三字，寫盡人間多少情懷！

淒涼怨慕，真是亡國哀音！「櫻桃」兩句，初夏之景，似不著力，但已暗寓傷感之情。「子規啼月」，稍稍透露，「惆悵」直點胸懷，「門巷寂寥」以下，越寫越悲，至結句「回首」、「恨依依」幾令人不忍卒讀。一腔任率真情，無限怨恨，表現得淋漓盡致。

破陣子——李煜

【正文】

四十年來家國❶，三千里地山河❷，鳳閣龍樓連霄漢❸，玉樹瓊枝作煙蘿❹，幾曾識干戈❺？

一旦歸為臣虜，沈腰潘鬢銷磨❻。最是倉皇辭廟日❼，教坊猶奏別離歌❽，垂淚對宮娥❾！

【注釋】

❶四十年：南唐自西元九三七年建國，至九七五年被宋所滅，計三十八年。四十年係成數。

❷三千里地：指南唐的地域遼闊。

❸鳳閣龍樓：指宮內華美閣樓。霄漢：高空。霄：雲霄；漢：銀河。

❹玉樹瓊枝：形容樹木的珍貴。煙蘿：煙聚蘿纏，形容草樹茂密。

❺干戈：古代兵器的通稱，常引伸為戰爭。

❻沈腰：南朝梁代沈約老病，自言百日數旬，腰帶常應移孔。後世稱腰肢瘦減為沈腰。潘鬢：晉潘岳三十多歲，鬢髮斑白。後世稱鬢髮過早斑白為潘鬢。

❼倉皇：倉促。廟：宗廟。古代帝王諸侯祭祀祖宗的地方。

❽教坊：管理宮廷音樂的官署。

❾宮娥：宮女。

【譯文】

四十年歷史，南唐家園；
三千里地域，大片山河。
鳳狀的閣，龍狀的樓，高入雲霄；
樹如寶玉，枝似美瓊，聚煙纏蘿。
幾十年間何曾識得干戈？

一朝歸宋，降為臣虜，
銷磨得腰如沈郎，鬢如潘岳。
最難忍的是，匆忙辭別太廟的時候，
教坊的樂工奏起別離歌，
面對宮娥而熱淚滾滾流著。

【賞析】

這首詞是李煜被宋兵俘虜、折磨得鬢白腰瘦後寫的。回憶往事，特別是歸為臣虜的那一句，情辭淒愴感人，非親身經歷者難於發唱。

南唐自先主李昪於西元九三八年開國，經中主李璟，至九七五年後主亡國，近四十年。其地方圓三千里，擁有三十五州，定都古城金陵，在當時無疑是個大國。上片是對故國的回憶。「四十年來家國」，歷史不算太短；「三千里地山河」，地域不算太小。

「鳳閣龍樓連霄漢，玉樹瓊枝作煙蘿。」宮殿建築，描金雕鳳，飛檐翹角，有類飛龍，樓閣高聳，直插雲表，更有稀世的林木，珍貴的花卉，如瓊似玉，煙聚蘿纏，恍若仙界。據載，唐宮苑精美，但這兩句仍不乏有誇張之處。詞人鋪陳建國之久，地域之廣、宮苑之美，一則表達他追戀故國之情，再則反襯歸為臣虜的哀苦。「鳳閣龍樓」、「玉樹瓊枝」，有若天國，受盡折磨的囚徒生活，不就是地獄嗎？不對昔日生活做適度的誇飾，就不容易表現變故的巨大。「幾曾識干戈？」表面是說，生在深宮，從來不曾體驗過戰爭的滋味。這裏詞人以反問的口吻出之，則還有後來終於領教了干戈這麼　層意思。此句承上四句而來，也是對往日往事的追憶，但又很自然地過渡到下片歸為臣虜之事，行雲流水，無跡可尋，足見用筆之妙。

換頭以「一旦」領起。「一旦」指朝夕間，形容時間的短暫，事變的急速。史稱宋兵攻佔金陵，李煜率弟子數十人袒胸出降，旋即被宋兵押解北上，第二年正月到達汴京，白衣紗帽待罪明德樓下，受封違命侯，從此開始囚虜生活。「沈腰」、「潘鬢」，分別用沈約、潘岳典，不僅表現肉體受盡折磨，致使白髮早生，腰圍瘦減，同時還反映了精神上受到極度的煎熬。

往事不堪回首，而其中最為奇恥大辱，精神上最難承受的則是出降前的一幕——「倉皇辭廟日，教坊猶奏別離歌，垂淚對宮娥。」「倉皇」，在時間為倉促，在精神為慌張，辭別太廟，作為斷送江山社稷的不肖子孫，真是別有一番說不出的滋味在心頭。

教坊女樂離別之曲一時驟起，哭聲伴隨哀歌，人何以堪！除了揮淚與宮娥相對，千言萬語，從何說起？宋代有人認為，倉皇辭廟，當時還有甚麼教坊？後主又何暇對宮娥垂淚？我們知道，詞是藝術作品，它不可能是全部生活細節的翻版，因此也就沒有必要用生活細節去一一核實。所以，清代便有學者對前一種說法提出批評，以為若用填詞之法來衡量後主，則淚對宮娥揮為有情；如果寫成揮淚對宗廟社稷，就乏味了。實有所見。

望江南——李煜

【正文】

多少恨，昨夜夢魂中；還似舊時遊上苑❶，車如流水馬如龍❷，花月正春風。

【注釋】

❶上苑：古代帝王飼養禽獸、栽植林木的遊獵場所。

❷車如流水馬如龍：形容車馬很多，絡繹不絕。

【譯文】

早晨醒來，胸中不知飽含著多少恨事，
因為昨晚，夢魂沉醉在舊遊之中；
還像過去，滿朝文武陪伴遊覽上苑，
一路上，高車如流水，駿馬似遊龍，
繁花似錦，皓月當空，正輕拂著春風。

【賞析】

《望江南》唐朝時是單調，到了宋朝才成為雙調。這首和下面同調名的幾首詞，都採用單調。

這首詞是後主國亡降宋之後，回憶往日在南唐的歡樂，感到十分痛苦而寫下的小令。

李煜被囚禁在宋都汴京（今河南開封）小樓，作為亡國之君，他對往日的尊貴、故國的繁榮是很難忘懷的。日有所思，夜有所夢，夢魂縈繞，或許暫得安慰，但夢醒無路可走，回到殘酷的現實，要比未做夢時增加一倍的愁苦，已經相當脆弱的神經，是難於一次又一次經受刺激折磨的。「多少恨，昨夜夢魂中」。這兩句起得突兀。夢醒之後，他轉而把恨全都傾瀉在昨夜那場夢來。「多少」，極多，數也數不清，可見怨恨之多、之大。

那麼，他究竟做了甚麼夢，如此牽惹起愁情？沒想到詞中所寫，既不是惡夢，也不是壞夢，卻是一場美好的夢！「還似舊時遊上苑」二句，以「還似」領起，一貫到底，追述昨夜的夢境。「上苑」，是專供皇帝遊樂的場所；「舊時」，從前貴為南唐國君之時。昨夜之夢，詞人又回到身為國主的南唐，暢遊上苑，盡情享受只有一國之尊者獨有的歡樂。車如流水，馬若遊龍，絡繹不絕，從者如雲，不是國主能有這樣的排場，這樣的氣派嗎？「車如流水馬如龍」，刻意形容盛事；「花月正春風」，則點明良辰，花好月圓，春風和煦。真是良辰美景，賞心樂事，一應俱全。「正春風」。實也是人主春風得意的極好寫照。這一切，正是他所失去的，所日夜追念的。「還似」，則揭示美好的盛事原先是真實的情景，如今已成夢幻，透露出無限哀惋痛苦的心情。「對景難排」，如同真實的夢境更難排，本來已是很不平靜的心境，更被攪得波瀾起伏。

詞用倒敘的手法，先寫醒，後追敘夢境，並以夢境的歡樂來寫醒時的痛苦。以少總多，以樂寫悲，是這首小令的特色。舊時人主的生活，當然不限於遊苑一端，但詞人只選取這一最美好、最得意、最有氣派，因而也最能體現一國之君尊貴的往事加以鋪寫，其餘種種，便不言而喻了。鋪敘「還似舊時」的夢境，穠麗生動，極為歡樂，是實寫；寫夢醒，則用虛筆，只用「多少恨」三字概括。然而實寫的夢畢竟為虛幻，虛寫的夢醒畢竟是現實，於是，眼前除了恨，啥也沒有了。舊時上苑的盛事歡樂，恰恰反襯了今時囚居的愁恨淒涼；而且，舊時之事愈盛愈樂，則更見今時之情愈悲愈慘，真是含蓄蘊藉，非尋常之筆。

望江南——李煜

【正文】

多少淚，斷臉復橫頤❶。心事莫將和淚說，鳳笙休向淚時吹❷，腸斷更無疑❸。

【注釋】

❶斷臉復橫頤：臉上眼淚縱橫交流。頤：面頰。

❷鳳笙：相傳蕭史、弄玉夫婦吹簫，簫聲引動了鳳鳥（參見《謝新恩》〔秦樓不見吹簫女〕注❶）。後來人們就用「鳳」來修飾笙簫，或表示雕鳳的精美樂器。

❸斷腸：形容悲痛到極點。

【譯文】

多少眼淚，
在臉上縱橫交流。
滿腹心事不要帶著眼淚說，

精美的鳳笙也不要在流淚時吹，
痛斷肝腸也沒有甚麼可懷疑！

【賞析】

在王國維輯本《南唐二主詞》中，這首詞與上一首併為一首，分為上下兩片；但實際上韻腳不同，所以我們仍將它分為兩首。

上一首是以樂寫愁，以夢寫醒，而這一首是以淚寫愁，以醒寫醒，類似春夜空山，杜鵑啼血。後主歸宋後，在一封給宮人的信中說：「此中日夕，只以眼淚洗面。」這首小令，就專在一「淚」字上著筆，抒寫其悲哀淒厲至極之情。

因悲哀、痛苦而流淚，是人之常情。一般說來，悲痛程度也能從流淚之狀看出。李後主作為一個有獨特經歷的君主，亡國降宋之後，幽禁小樓，故國之思，身世之哀，無一時不悲，無一時不恨，但又無可奈何，除了掉淚之外，再無別計。這首詞以「多少淚，斷面復橫頤」陡起。淚「斷面」，淚「橫頤」，都不是一般的流淚，而且，兩個詞組間又以一「復」字相聯，淚水交流，新跡舊痕，滿面狼藉，不知流了多少時候，也不知流了多少的淚，簡直可以說已成了一個「淚人」，足見悲哀已極。「斷」、「橫」兩個字極生動形象地描繪出淚水的交流之狀。

和淚說心事，如果有親朋知己在側，或許多少能博得一些同情，暫得解勸，得到幾分安慰。「心事莫將和淚說」，「心事」往事和今事知多少，但有旨不得與外人接觸，生活在一個完全封閉的環境，一腔心事，說與何人？縱有人可說，事至如今，又有甚麼好說？所以，心事不必再說。淚時吹鳳笙，或可藉以發泄鬱悶，但「人生常恨水常東」；「問君能有幾多愁，恰似一江春水向東流」，這許許多多的恨，這無窮無盡的愁，又豈是笙簫所能解，「鳳笙休向淚時吹」，所以，鳳笙不必再吹。流淚、掉淚、垂淚、淌淚，除了淚還是淚，亡國的怨恨，囚居的淒涼，對往事的憶戀，難言之隱，無限悲哀，全都集中在「淚」上。既然，人間生活哪怕是一點的樂趣都再也與己無緣；既然，除了淚之外別無傾瀉痛苦的方式，只能苟延殘喘，坐以待斃了。「腸斷更無疑」實為垂絕的痛苦呼號。

短短五句的小詞，不避重複，卻用四句寫淚，真是字字血，字字淚！全詞感情純真，全心傾注，亡國之哀，囚虜之痛，表現無遺。

望江南——李　煜

【正文】

閒夢遠❶，南國正芳春❷；船上管弦江面綠❸，滿城飛絮滾輕塵❹，忙殺看花人。

【注釋】

❶閒夢遠：幽閒的夢境，迷離惝恍，有如非常遙遠的往事。
❷芳春：芬芳的春天。
❸管弦：管樂器和弦樂器。綠：一作淥（水清的意思）。
❹飛絮：飛舞的楊花柳絮。滾輕塵：輕輕滾起的塵土。

【譯文】

幽閒的夢境彷彿十分遙遠，
那溫暖的南國正是一片芳春：
船上絲竹相和，江水碧綠，
滿城飛絮伴隨著滾動的輕塵，
忙殺看花的人。

【賞析】

這一首和下一首《望江南》，有的本子作《望江梅》，實際上是同調而異名。兩首詞都是後主入宋之後寫的。

這兩首《望江南》一般解釋為後主夢遊江南，見到故國的種種景緻，這當然是對的；但深入一層看，似也可以說，往事如煙，縈繞腦際，迷離惝恍，如夢似幻，是托夢憶事。

這首詞捕捉了江南春天最富有特徵的景物加以描寫，表現了詞人對故國的一片深切的眷戀之情，曲折地抒寫難言的隱痛。

「閒夢遠，南國正芳春」，開門見山，直接寫夢見江南的春天。詞人在「春」字前加一「芳」字，不僅使人想見南國千嬌百媚的花容，同時也使人如聞到馥郁的花香一般。「南國」的「芳春」，令人留戀，但一首小詞，不可能無所不包。詞人就中只選取三個富有特色的鏡頭加以表現。

第一個鏡頭：「船上管弦江面綠」。乘船遊江，觀賞春色；江水碧綠，江面到處飄蕩著絲竹管弦之聲。一「綠」字，不僅寫出萬木回春給江面帶來的綠意，而且寫出整個江南的生機。有的本子「綠」作「淥」，指水清，我們以為，還是作「綠」字好些，它既狀春水，又狀春色，與王安石「春風又綠江南岸」的「綠」字，有異曲同工之妙。這個鏡頭，詞人把無形的樂聲和富有鮮明色調的江水組織在一起，組成一個有聲的畫面。

第二個鏡頭：「滿城飛絮滾輕塵」，從江上移到陸地上。楊花柳絮，滿城飛舞，詞中雖然沒有正面寫春風，但句中一「飛」字，使人彷彿感到春風拂面。路上，輕塵滾滾，也沒有正面為人，但一「滾」字，卻使人彷彿感受到一路人流揚起的塵土。以花寫風，借物寫人，手法頗新穎。

第三個鏡頭：「忙殺看花人」，專門寫人。上句輕塵滾，說明人多，這句揭示好多人忙著去看花。詞人不直接寫百花豔麗，而寫「看花人」、「忙殺」，百花豔麗之狀自見。同時，也表現了江南人對春光的珍愛，進一步說，也是對生活的珍愛。

南國春色的美好，遊江聽樂賞春的種種情趣，反襯出後主的孤寂和無限的遺恨。

望江南——李煜

【正文】

閒夢遠，南國正清秋❶，千里江山寒色遠❷，蘆花深處泊孤舟❸，笛在月明樓❹。

【注釋】

❶清秋：清澈明朗，清爽涼快的秋天。
❷寒色遠：清寒的秋色寥遠廣闊。
❸泊孤舟：停泊著的孤零零的小船。
❹明月樓：明月光下的樓房。

【譯文】

幽閒的夢境彷彿十分遙遠，
那美麗的南國正是氣爽的清秋。
千里江山的寒色寥廓遙遠，

蘆花的深處停泊著的一葉孤舟，
悠揚的笛聲飄揚在月明高樓。

【賞析】

江南的四季，各有特色，上一首夢憶南國的「芳春」，這一首夢憶「清秋」。這一首和上一首一樣，也是選取三幅最有代表性的圖景加以概括，以少總多，寄託對故國的懷念之情。

「南國正清秋」，總說一句。上一首用「芳」來形容春，這一首用「清」來形容秋。秋天，天朗而氣爽，能見度特別高，這是「清」；這時，炎熱的暑氣已經消歇，金風送爽，這也是「清」。清秋，是江南最好的時節之一。正因為是清秋，能見度大，所以整個南唐的地域，彷彿全都進入人們的視野，它的美麗和幅員的遼闊，在五代十國中自有它值得驕傲的地方。

「千里江山寒色遠」寫的是故國全景，是一幅江山千里秋色圖，「千里」南國地域的廣大；「江山」長江和群山，山山水水，這是南國的特色；「寒色遠」，照應「清秋」。「寒色遠」的「遠」，與上文「閒夢遠」的「遠」，不避重複，一則清秋時節，所見景物較其他季節為遠；再則這首詞是借夢憶事，恍恍惚惚，模模糊糊，似有一種故國遙遠之感。這乃是第一幅圖，寫的是江南的遠景。

「蘆花深處泊孤舟」，寫的是中景。南國蘆花似雪，茫茫一片，孤舟一葉，盪於深處，恍如與人世隔絕。後主早年寫的《漁父》詞有這樣的句子：「花滿渚，酒滿甌，萬頃波中得自由。」雖然是題畫詞，但也曲折反映出他生活情趣的一個方面。孤舟泊於蘆花深處，沒有兵戈的交惡，沒有權力的爭奪，何等悠然自得，何等自由自在！這是一幅多麼令人心曠神怡的圖景！這裏寫的雖然只是南國畫面的一個小小局部，但從中我們可以看出，後主對它是多麼的嚮往。

「笛在月明樓」，這是近景。明月當空，月色如水，是誰在樓上臨風吹笛？是鳳閣龍樓中的後主自己？還是樓頭上他治下的臣民呢？笛聲悠悠揚揚，飄蕩在清明的夜空中，飄蕩在屋宇接蹀的古城中……

作為人主，他夢憶起南國的千里江山；作為有過自甘澹泊情趣的人士，他嚮往蘆花深處的孤舟；而身為音樂素養極好的文人，他又不能忘懷明月樓上的臨風吹笛的優閒。後主描繪了一幅多麼美好的圖景！但我們完全可以想見，他在描繪這幅夢境時內心該多麼痛苦！又不知要灑下多少清淚——他現時畢竟是亡國之君，閒夢中的一切畢竟已經失去，而且是一去不復返了！

相見歡——李煜

【正文】

林花謝了春紅❶，太匆匆❷，無奈朝來寒雨晚來風。

胭脂淚❸，留人醉❹，幾時重❺？自是人生長恨水長東！

【注釋】

❶謝：辭謝。這裏是凋落的意思。春紅：春天的紅豔，指紅花。

❷太匆匆：太匆忙，太快。

❸胭脂淚：形容紅豔的林花遭到雨打如紅顏女子的流淚。胭脂：紅色化妝品。

❹醉：迷醉。這裏含有悲傷淒涼之意。

❺重：重會，重見。

【譯文】

林花失去了春天的豔紅，
未免過於匆匆。
無奈摧殘著她的，
有那朝來的寒雨和晚來的風。
雨中殘花，
像女子臉帶胭脂把淚淌，
使人迷醉淒涼。

不知哪時才能重逢？
人生長恨，
自像是流水長東。

【賞析】

這首傷春小令，感慨人生，情調淒婉，應該也是後主入宋後所作的。

「林花謝了春紅」，見花落而傷春，表面看沒有甚麼特別之處，但仔細品味則不然。這句用擬人手法，說林花自己辭謝春天的紅艷而去，彷彿美人脫去艷裝，飄然而逝，仍然給人留下美好印象。「太匆匆」，則是詞人主觀評價，充滿無限惋惜之情。

如果說，節序移換，花隨春歸，傷感固不可免，那也罷了。「無奈朝來寒雨晚來風」，最令人感到無可奈何的，最令人感到痛惜的，卻是朝來的寒雨、晚來的疾風對林花的摧殘。本來不該凋謝的林花過早地凋謝了，本來不該消失的紅艷過早地消失了，本來還應留在人間的春意過早地歸去了！「無奈」與上句「太匆匆」，主觀色彩太濃烈了，以至於我們不能不聯想起詞人的身世，他一生中那美好的春天不是也如這春花一樣嗎？其實，詞人感歎的豈止僅僅是林花，豈止是個人的身世呢？凡是世間一切美好的東西，遭受突如其來的外力摧殘，不也同樣令人扼腕嗎？「匆匆」前看一「太」字，風雨前冠以「無奈」一詞，雖然都是常見的字詞，但分量卻很不一般，由此可以看出詞人的良苦用心。

注情入景，林花好像也通了人性。在詞人的眼中，林花像是一位如同知己的美人。你看，她遭受朝雨晚風的侵打，簌簌地掉下滴滴胭脂粉淚，凍瑟瑟，可憐兮兮。「胭脂淚」，從杜甫《曲江對雨》「林花著雨胭脂濕」化出，此處不襲用原詩的「濕」，而另用「淚」字，頗為新奇。似乎林花本來就是一位呼之即出的美人，她與詞人相對無言，只有紅淚千行，人非木石，詞人能無動於衷嗎？詞人能不因此而逃避、昏醉以至於感到淒涼嗎？花謝了，再也重上不了故枝，詞人能不因此而聯想到自己的身世嗎？「幾時重？」一簡短一問，擲地有聲，鏗鏘有力——幾時才能重逢？豈止是愛花惜花、愛春惜春而已！往事豈能重來，逝去的時光豈能重來？這才是此句深層的內涵，這才是詞人的心聲。

最後，詞以「自是人生長恨水長東」作結，九字長句直吐胸情，從而揭示此詞主旨。「人生長恨」，是詞人的身世之歎，一「長」字，概括了許許多多時，許許多多事，有失去家國的悲痛，也有由人主降為賤虜的恥辱，「人生長恨」，由林花凋謝不可重回故枝之恨引伸而來，長恨身世之悲，長恨往事、時光的不可重來。而長恨又猶如「水長東」。「此水幾時休，此情幾時已」，水東去不休，則長恨不休。「長恨」、「長東」一句疊用兩「長」字，其長無比，其長無限。這一感歎人生的抒情句，具有比較普遍的意義，它已遠遠超出後主本身經歷的範圍。鮮明的藝術形象高度概括了人們在人生道路上有過這樣或那樣怨恨的共同體驗，簡潔地道出了他人想說卻說不出、或說不清的感受，因而極易引起「長恨者」的共鳴。後主的另一名句，「問君能有幾多愁？恰似一江春水向東流」，用的是明喻，此句為暗喻，都以水的東流不返喻愁喻恨，異曲同工，各有其妙！

這支傷春而自傷的小曲，意象鮮明，明白如話，而情韻悠長。開篇落筆寫花事，次是花人合寫，末獨寫人事。由傷花而自傷身世，又由自傷概括出較有普遍意義的「人生長恨」，越寫越深，越寫越新警，越寫越有味，一往奔放，淋漓盡致。

子夜歌——李煜

【正文】

人生愁恨何能免？銷魂獨我情何限❶！故國夢重歸，覺來雙淚垂❷！

高樓誰與上❸？長記秋晴望❹。往事已成空，還如一夢中。

【注釋】

❶銷魂：人受到某種刺激若有所失，好像魂魄離體。形容極度悲傷或者極度陶醉的心情。

❷覺來：醒來。

❸誰與：與誰。

❹長記：常記。

【譯文】

人生在世，愁恨不免，
但有誰像我這樣，
喪魂落魄情無限！
夢中，故國重歸；
醒來，眼淚雙垂。

常記秋天，登高望遠，
如今再有誰，
和我同登高樓之上？
往事如煙，已成空幻，
回想起來，猶如短夢一場。

【賞析】

《子夜歌》，《全唐詩》作《菩薩蠻》，實為同調而異名。這首詞是後主入宋後作的，詞借記夢抒寫了詞人思念故國的哀痛之情。

愁，作為人類一種情感，具有普遍性。北朝庾信寫過一篇《愁賦》，說：「閉戶欲推愁，愁終不肯去；深藏欲避愁，愁已知人處。」此詞發端「人生愁恨何能免」，以反問起，講的就是這種人類普遍具有的情感，愁苦和怨恨人人不可免。看似閒筆，其實不然，此句為下句「銷魂獨我情何限」鋪墊。雖然人人皆有愁恨，而「獨我」尤其不同一般，「我」的愁恨之重，以至於「銷魂」，甚至到了魂飛魄散的地步，一也；「情何限」愁恨無邊，多而廣，無窮無盡，二也。的確，天下有幾人由至尊至貴的國君淪為賤虜？有幾人由榮華富貴的巔峰墜入囚徒卑微低賤的深淵？由一個極端，到另一個極端，天翻地覆，古往今來經歷如此巨大變故的的確沒有幾個人！「我」的愁恨，已不是常人的愁恨；如果說，古人常人的愁恨猶可忍受、猶有個界邊的話，那麼，「我」的愁恨何能忍受、何有窮、盡之時？

「故國夢重歸，覺來雙淚垂」，夢歸故國，「歸」字前著一「重」字，說明已不是首次夢歸；醒來尋夢，不覺淚橫滿面。至於夢的內容，詞中沒有交代。「夢裏不知身是客，一餉貪歡」，大約不出故都金陵美景，故國宮闕及人主的歡娛舞宴，諸如後主其他詞作所寫——「船上管弦江面綠，滿城飛絮滾輕塵」、「鳳閣龍樓連霄漢，玉樹瓊枝作煙蘿」、「春殿嬪娥魚貫列」之類，夢中，是尊貴的一國之主、一國之君；醒來，又回到有「老卒守門」的囚徒生活，不免想起「無限江山」早已易主，怎麼能不日夕以淚洗臉呢？

在詞人的記憶中，或者說夢境中最讓他留戀的一幕，或許就是故國清秋時節的登高樓而遠眺了。晴空萬里，一望無壤，賞心悅目。加上前者呼後者擁，武夫清道，嬪娥魚貫，儀仗羅列，鼓吹齊奏，何等非凡的氣派！「高樓誰與上？長記秋晴望」承上片「覺來」。身陷囹圄，有誰能再陪「我」登上樓頭，觀賞晴空秋陽？從前的那一幕，只能常留、深留在我的記憶中了。「高樓」、「秋晴望」，是諸多記憶、諸多夢境中的一幕，詞人以一總多，以一概全，故國種種，無不「長記」、長留在詞人的記憶中。夢境中的歡娛、夢境中的氣派氣象，則又反襯出今日的孤獨、淒涼、銷魂。

「往事已成空，還如一夢中。」往事不堪回首，回首只堪哀，不免受煎熬和折磨。但往事又難於不回首，或觸景生情，或夢中回歸，那畢竟是四十年的家園呵！這就是李煜背負著較常人更為沉重愁恨枷鎖的原因所在！往事如煙似霧，如空似幻，四十年家園，十餘年的人主生活，不過是一場夢而已！

這首詞不假采飾，純用白描，但字字重大，句句無不發自肺腑，一往情深，寫出詞人對故國的深切思念和極端愁恨之情。李煜降宋後，不忘故國，托之夢境，上片言夢似真，下片言真事卻如夢。夢醒之後深感往事不過是一場夢而已，人生不過是一場夢而已，更是空幻而無所依托，孤獨愁怨，真「銷魂」者也！

浪淘沙——李煜

【正文】

往事只堪哀，對景難排❶。秋風庭院蘚侵階❷。一桁珠簾閒不捲❸，終日誰來！

金鎖已沉埋❹，壯氣蒿萊❺。晚涼天淨月華開❻。想得玉樓瑤殿影❼，空照秦淮❽。

【注釋】

❶景：景物，景象。排：排遣。

❷蘚侵苔：苔蘚蔓延到台階上。指台階久無人行。侵：蔓延。

❸一桁：一掛，一列。珠簾閒不起：無人出入，所以不須捲起珠簾。珠帘：珠綴成的簾子。

❹金鎖：指鐵鎖鏈。金鎖沉埋借用三國時吳國以鐵鎖鏈橫斷長江抵禦西晉水軍，結果鐵鏈被燒斷沉埋江底，失敗滅亡的典故。

❺壯氣蒿萊：壯氣消沉於蒿萊間。壯氣：王氣，指南唐氣數。蒿、萊：草名。

❻天淨：天空沒有一絲雲彩。月華：月光。

❼玉樓瑤殿：形容南唐宮殿的華美。

❽秦淮：秦淮河。橫貫南唐都城金陵（今江蘇南京）的一條河流。

【譯文】

過去的事情，只能悲哀；
面對眼前景物，這情緒更難以遣排。
秋風吹庭院，苔蘚蔓階臺。
一列珠簾低垂，閒置不捲，
一天到晚，有誰往來！

舊時宮殿，想已沉埋，
國運已盡，壯志銷散於一片蒿萊。
晚秋寒涼，天無纖雲，月輪煥彩。
想像當年的玉樓瑤殿，
寂寞淒涼，空自投影於秦淮。

【賞析】

這首詞也是入宋之後的作品。詞中寫後主懷念南唐舊都金陵，抒發失國的極度痛苦和被囚禁與外界隔絕的淒涼之情。

上片，白晝的淒涼情景。「往事只堪哀，對景難排，」開篇兩句統攝全篇。「往事」，即四十年來家國，貴為人君以至於亡國的經歷。「對景」，即今日之景，賤為階下臣虜的種種處境。四十年家國，除了只堪哀痛之外，除了落得每夕以淚洗臉的愁怨之外，想也白想，一去不復返了。「只」字下得慘痛至極，把對昔日榮華富貴的留戀、亡國的悔恨，以及無可奈何的淒涼情緒全都傾倒出來。囚禁的生活很不是滋味，但與世隔絕的生活反而使後主對外界的景物變得格外敏感。「簾外雨潺潺，春意闌珊」；「林花謝了春紅」；「小樓昨夜又東風」——他不時捕抓物候變換的信息。景物不僅不能排遣他內心的苦悶，反而撩撥得他十分難堪。「春花秋月」，美好的景物已不屬於他，卻刺激著他去回首痛苦的往事；「落花流水」，無情的景物則不時糾纏著他，使他更添幾分傷感。自然景物彷彿處處同他作對似的。

如今，庭院又吹起秋風，多麼惱人的秋風！苔蘚無聲無息地侵蝕著臺階，面對室外的荒涼景物，內心又怎麼能不感到淒涼呢？「蘚侵階」，後主的居處有兵士守著門，朝廷又有令不讓他和外人接觸，自己是囚虜，出不去，別人也不能進來看他，臺階怎麼能不被苔蘚所侵呢！」一桁珠簾閒不捲」，因為無人來往，所以珠簾不捲，這是一層意思。此外，「不捲」又回應「對景難排」，垂下珠簾，將自己禁錮封閉起來，免得觸景生情，更添煩惱。如果說，「蘚侵階」，「一桁珠簾閒不捲」

用的是婉曲手法暗點無人來往的話，那麼「終日誰來」則是直截了當的明說了。既然已經暗點無人來，為甚麼還要直說呢？古典抒情詩詞常用同意反覆的手法來強化抒情，以達到加深讀者印象的目的。「終日誰來？」明知終日無人來而故意發問，似又盼望著偶然有人能來慰藉自己的孤寂，所以又與「蘚侵階」兩句同中又有異。

下片，夜間之景。起首兩句，「金鎖已沉埋，壯氣蒿萊」，回首往事，歎惋南唐故國的覆滅。金鎖，借用三國吳以鐵鏈橫江事，然而，誠如唐代詩人劉禹錫所說：「王濬樓船下益州，金陵王氣黯然收。千尋鐵鎖沉江底，一片降幡出石頭。」鏈沉國亡。「壯氣蒿萊」，即王氣黯然收之意，寫得沉痛。

「晚涼天淨月華開」，「晚涼」照應上片「秋風」，晚秋天無纖雲，月華清涼，透過窗櫺，透過簾隙，斜照入屋，似乎有意搗亂，明知詞人「對景難排」，卻將清輝灑入房室，擾亂詞人的方寸。越是害怕接觸外界景物，對景物越是敏感。由房室的月色，詞人不禁想起金陵的秦淮月色。當年自己尊為一國之主，所居玉樓瑤殿、華麗而高大的建築，月華之下，只能空寂無聲地投影在秦淮河上了。一片繁華舊事，都成了過眼雲煙，成了空幻之景而已！「空」字與篇首「只」字遙應，寫出詞人內心的無比空寂。

這首詞通篇只在「哀」和「景」兩個字上作文章，而主旨則是抒發哀情。哀，是「只堪哀」；景，是難於排遣煩悶之景。對景之所以難排，當然也是由於心哀的緣故。鮮明圖景的描繪，強化了哀情的抒發。景有眼前之景，想像中的故國之景；有白晝之景，有夜晚之景，則往事的只堪哀，今事的只堪哀，綜錯交織，無日無夜，從而把故國之思、亡國之痛、淒涼之感、無奈之情等等，和盤托出。

虞美人——李煜

【正文】

春花秋月何時了❶，往事知多少？小樓昨夜又東風❷，故國不堪回首月明中❸。

雕欄玉砌應猶在❹，只是朱顏改❺。問君能有幾多愁❻？恰似一江春水向東流。

【注釋】

❶了：完了，完結。

❷小樓：指作者被俘後在宋朝汴京（今河南開封）的住所。又東風：又到了春天之意。

❸故國：指南唐。李煜西元九六一年即位，九七六年宋滅南唐。回首：回顧、追憶。

❹雕欄玉砌：指南唐精美的宮殿建築。雕欄：雕有花紋的欄杆。玉砌：玉般的石階。

❺朱顏改：指臉色已失去往日的紅潤，面容憔悴。

❻問君：自我設問。君：即作者自己。

【譯文】

春花秋月，週而復始，何時方了？
見了花月，湧上心頭的往事不知多少？
昨夜，小樓又吹進東風，
故國不堪回首——在今夜的月明之中。

雕花欄杆，如玉臺階，應該還在？
只是我已失去朱顏，舊貌盡改。
試問心底還有多少憂愁？
正像一江滔滔不盡的春水向東流。

【賞析】

開寶九年（西元九七六年），李煜被宋將曹彬所虜，一夜之間，由南唐的皇帝淪為宋朝的階下囚，被解送到宋京開封，封「違命侯」，遭受百般侮辱，以至於「日夕只以眼淚洗面。」太平興國三年（西元九七八年），七月七日，相傳這一天是後主生日，他在寓所讓故伎作樂，填製這首詞，聲聞於外。宋太宗對李煜的故國之思極不滿，於是命秦王趙廷美賜牽機藥，把後主毒死。如果真是這樣，此闋《虞美人》便成了他的絕命詞了。

春天的鮮花，秋天的明月，是人間美好的事物，一般人見了無不喜愛。可是對於由一朝之主而淪為階下之囚的李煜來說卻不同了，越是美好的東西越刺痛他的心，也就越發勾起他種種往事的回憶，因而也就使他覺得煩躁和不安，甚至還會產生對這些美好事物反感的心理。「春花秋月何時了」，劈頭一問，十分奇特。春花秋月，週而復始，無休無止，而後主卻生發使這種自然現象了完、完結的念頭。這當然是辦不到的事。但妙就妙在意出天外的「癡想」，深細入微地表現出詞人內心的極端痛苦。「往事知多少」，「往事」，從南唐的建國，到自己登基為帝種種奢侈的宮廷生活，到國破家亡「垂淚對宮娥」，「一旦歸為臣虜」，以至被送汴梁過著囚禁的生活，時間跨度極大；「多少」，歡樂、恥辱、欣喜、悲哀、甜酸苦辣，無所不包。本來已是很不平靜的內心世界，又被「春花秋月」攪得波瀾翻捲如濤，更何況是前途難卜，凶多吉少，死生難料呢！

「小樓昨夜又東風」，「又」，承「春花秋月何時了」而來。點明由南而北、囚徒般的生活又在痛苦中捱過一年。對時光消失的感歎是人之常情，又一年，實則總共不過是兩三年而已。但這兩三年的時間對後主來說實在太漫長，變化實在太大了。「又」字頗耐人尋味。「故國不堪回首明月中」，這是後主感歎的特定內容。故國，不堪回首；往事，不堪回首！「歸時休放燭光紅，待踏馬蹄清夜月」——「宮廷舞宴罷席，踏著清涼如水的月色而歸，多麼富有詩情畫意！」花明月黯籠輕霧，今宵好向郎邊去」——在朦朧的月色中小周后和他幽會，多少柔情蜜意！「曉月墮，宿雲微，無話枕頻欹」。——曉月半床，夢中對一個美麗女子的思念，情韻悠長……然而，這一切，在今夜的明月中，真是不堪回首。因此，他甚至對「月」也抱怨了起來，多麼惱人的月夜！惱人的月色何時能「了」！

上片，「春花秋月」的美好和永恆，與「往事」的短暫、反覆無常做了對比；將「又東風」（週而復始的永恆）與不堪回首的故國（短暫與無常）做了對比。下片，「雕欄玉砌應猶在，只是朱顏改」，又將雕欄玉砌的「在」（相對的永恆）與「朱顏」的「改」（短暫與無常）做了對比。「雕欄玉砌」，指南唐精美的宮苑建築。南唐雖然滅亡了，但宮殿應還在，只是人的朱顏——昔日南唐天子的顏色已由龍顏變為囚色，憔悴不堪，物是人非，今非昔比，直是字字血、字字淚，難以言狀。這兩句，還是上句「故國不堪回首」的具體化和內涵的伸延。

前六句，通過連續的對比，詞人的亡國之痛，愁腸百轉千結，已經表現得相當充分，而最後兩句，更用沉痛的自問、形象的比喻將心底的愁緒托出，讓感情衝出閘門、噴瀉奔騰。「問君能有幾多愁？恰似一江春水向東流」，成了千古名句。愁是抽象的東西，詞人則化抽象為具體，給人以直觀的感受。一江春水滔滔而來，衝峽破礁，滾滾而東，一瀉千里，不捨晝夜，連綿不盡，愁也和它相似。這使我們想起南齊詩人謝脁受小人所讒被迫由江陵還都所寫的——「大江流日夜，客心悲未央」，悲傷之緒也有如大江不捨晝夜，雄渾有力，是謝玄暉的名句。後主「問君」兩句，則承上六句而來，感情積蓄，閘門猛地一開，迸發奔放，更顯出它的力度。加上用《虞美人》前七、後九這樣獨特的句式來表達，促節曼聲、疾徐相配，音韻感情揉合得恰到好處，較之整齊的五、七言句式更加動人。

就語言上說，這首詞通篇明白如話，但卻寫出了後主的切身感受，同時還毫不諱忌地傾吐了亡國之痛的真情實感。傳說後主因此詞而遭殺身之禍，當然也與他毫不掩飾地直吐真情有關。如果說，這一闋《虞美人》真所謂以血書者，也是一點也不過分的。結構上，前六句兩句一組，上下句進行對比，而三組對比在內涵間又緊密聯繫。最後兩句奔放有氣勢，含不盡之意於言外，餘音裊裊。首二句與末二句還採用問答形式，跌宕有效，在語意上還多了一層曲折。

浪淘沙——李煜

【正文】

簾外雨潺潺❶，春意闌珊❷，羅衾不耐五更寒❸。夢裡不知身是客❹，一餉貪歡❺。

獨自莫憑闌❻，無限江山❼，別時容易見時難。流水落花春去也❽，天上人間。

【注釋】

❶潺潺：水聲，這裏指雨聲。
❷闌珊：殘盡。指春天即將過去。
❸羅衾：用絲綢做的被子。
❹身是客：指遠離故國，做了宋朝的俘虜。
❺一餉：即一晌，一會兒，片刻工夫。
❻憑闌：指倚著欄杆遠眺。
❼無限江山：指倚屬南唐的大片河山。
❽流水落花：落花隨著流水而去。

【譯文】

簾外，作響的雨聲潺潺，
春光將盡，春意將殘。
絲綢衾被，耐不了五更的曉寒。

昨夜夢裏，全然忘卻身為囚客，
還貪戀著往日片刻的娛歡。

不要獨自遠望憑欄！
故國的無限江山，
離別容易，重見艱難。
落花隨水去，春光隨水去，
從前與現在，一在天上，一在人間！

【賞析】

據載，李後主被俘歸宋後，每懷南國，思念嬪妾散落，鬱鬱不樂，百無聊賴，因而寫下這首詞。淒涼悲愴，不久，他也離開人世。一腔悲怨，滿腹憂愁，這首小令抒發了後主對故國的深切思念和被囚禁的痛苦之情，是後期代表作之一。

「簾外雨潺潺，春意闌珊。」起首二句寫景，點明時節。簾外，雨聲潺潺不斷，又值冷落的殘春。是誰在聽雨？為甚麼對節候的移換如此敏感？這兩句都來不及交代。「羅衾不耐五更寒」，羅衾，絲綢製成的被子本來較能保暖，無奈卻抵禦不了五更的春寒。讀到第三句，我們仍然看不清詞中主人公的廬山真面目，只知道他在寒氣逼人的五更天早已醒來。

「夢裏不知身是客，一餉貪歡。」只有到這兩句，我們才明白，主人公原來是昔日貴為南唐人君，今日賤為宋朝階下囚的詞人自己。詞人做了一場短短的春夢，依舊是在玉樓瑤殿、雕欄玉砌的南唐宮苑，依舊是樂舞迭起的歡宴，盡情地享受一國之尊的歡娛。夢中為人主，醒來仍為「客」——宋朝的臣虜。「身是客」，分明道出己身已非主，身分、地位起了天翻地覆的變化。「一餉」，時間非常短暫。夢中，可以逃避現實，稍得片刻的歡娛；醒來，激起對往事的回首，面對殘酷的現實，倍感痛苦。

上片用的是倒敘法。按時間順序，夢在前，因夢昔日人主的歡娛，夢醒則又不能不正視為「客」的現實，所以再也無法入眠。因為無法入眠，越感到衾被之寒。詞中一「寒」字，不僅寫出生理上所感受到的寒冷，而且也生動地狀出其時詞人的心寒心理。試想，從尊貴的人君墜入囚徒的深淵，加上夢中歡娛的刺激，兩相對比，如何不心寒？生理與心理的雙重寒冷，使得詞人輾轉反側，變得對外界事物特別敏感。因此，簾外的雨聲一點一滴，在他聽來格外清響；他推測，春色將殘，春光也將盡了。

過片「獨自莫憑闌，無限江山。」憑欄遠望，難免聯想起「四十年來家國，三千里地山河」的南唐。古人說：「遠望可以當歸」。然而國破家亡，大片江山已非昔日人主所有，何處可歸呢？「莫憑闌」，怕因憑欄時勾起對往事的回憶而增加內心的痛苦。自警自勸，無可奈何，有說不盡的悔恨與痛苦！即便是竭力避免觸動傷疤，但傷疤的疼痛畢竟不可迴避。「別時容易見時難」，當年辭別宗廟是那樣倉皇——易，今後想再見宗廟故國真是難上加難，或者說永無會期。別易會難，古典詩詞常用來形容與親友、戀人分別的後會難再。但後主詞中的「別」，卻不僅是別宮娥，更重要的是別江山，別家國；「見」，也是見江山，見家國。別易會難，用得很有新意，不可等閑視之。

「流水落花春去也，天上人間。」寫春色歸去，回應上片「春意闌珊」。春殘所以花落；落花隨水而去，春也就隨之歸去。春歸何處呢？天上人間，相隔遙遠，難知其處。此二句實又暗喻別易會難，人如落花隨水東流，一去不回，有如天上人間，永無重回故國之望。「天上人間」，還有一層意思，即昔日貴為人君，猶如天上；今日賤為囚徒，好像墮入人間，有天壤之別。

詞的上片由景及情，側重寫夢醒的感受。聽雨、陽春、畏寒，已寫得十分淒苦，而夢中昔日人主的歡娛則反襯今日囚客的痛苦，歡娛的短暫還反襯痛苦的連綿不斷。下片直抒胸情，結二句尤其華妙，「流水」、「落花」、「春去」，運用三個意象表現流逝，鮮明生動，愁苦之情恍然在目，不言而喻。全詞化抽象的愁苦為具體意象，純用白描，非常感人。

相見歡——李煜

【正文】

無言獨上西樓，月如鉤❶。寂寞梧桐深院鎖清秋❷。

剪不斷，理還亂，是離愁，別是一般滋味在心頭。

【注釋】

❶月如鉤：月亮像鐮鉤。指殘月。

❷鎖清秋：關閉著清秋景色。

【譯文】

默默無言獨自登上西樓，
抬頭仰望明月猶如鐮鉤。
俯望長著梧桐的深院，
好像閉著寂寞的清秋。

千縷的情緒剪不斷，
越想理清越煩亂。
它是一般離愁嗎？
可另有一種說不出的滋味留在心頭。

【賞析】

這首詞，《花庵詞選》說它：「最淒惋，『所謂亡國之音』哀以思。」應該是後主降宋之後的作品。

後主從耽於享樂，「幾曾識干戈」的風流君主，到「一旦歸為臣虜」，變成了溺於悲哀、備受凌辱的「違命侯」。這時，他被幽禁在汴京的一座深院小樓中，嘗盡了禁閉的愁苦。像後主那樣一位純真任縱、才華橫溢的詞人，處在這種環境中，怎不譜寫聲情一致、一韻一頓、淒婉欲絕的故國之思、亡國之恨的作品呢？怎能不自述囚居生活，抒發無限離愁呢？

「無言獨上西樓，月如鉤。」起首兩句看似平淡，意蘊卻很豐富。「無言獨上」，詞人獨上西樓，無人陪伴，沒有人可以交談，默默無言，顯得孤寂淒涼。這與他階下囚的身分，受人監視的孤獨處境相符。西樓上，抬頭望月，月兒彎彎如鐮鉤，淒寂地掛在天幕上，夜色冷清，四周幽靜。他雖然也曾告誡過自己，「獨自莫憑闌」，但還是獨自上了西樓，是明知不可而為之，可見，百無聊賴。他俯首下望，「寂寞梧桐深院鎖清秋」，獨上樓頭的後主無人交談已見其寂寞，梧桐深院的寂寞更將他映襯得更寂寞。「清秋」被「鎖」，作為囚徒的後主，豈不是也被「鎖」嗎？俯仰樓頭之間，詞人的內心不知凝聚著多少哀愁！一「鎖」字，寫盡詞人的處境、心境。詞人不正像關鎖在清秋深院的梧桐那樣孤苦、寂寞、淒涼、冷落嗎？上片寫出季節、環境和地點，情景合寫，不言愁而愁緒已見諸筆端。

下片直抒愁情：「剪不斷，理還亂，是離愁。」「離愁」是人類思維上一種抽象的感受，它看不見，摸不著。詞人用絲縷來比喻離愁，就具體了。這裏有對帝王生活的眷戀，有對未來的種種憂慮，有對現狀的許多感慨。如果說快刀還能斬亂麻的話，那麼，對於紛繁複雜的離愁，卻是快刀斬不斷、快剪剪不斷的，而且還會越斬越剪而越亂的。不用斬、不用剪，用無比靈巧的纖手來仔細整理行不行？「理還亂」，越理越亂。緬懷「三千里地山河」、「車如流水馬如龍」的故國，「離愁」怎麼能剪得斷，怎麼可能理出個頭緒來！這一譬喻具有形象的立體感，新奇地把「離愁」的特點「不斷」、「亂」表現出來。難怪後代詞評家都交口稱讚。結句寫離愁的滋味，也是絕妙之筆。「別有一般滋味在心頭」，這離愁究竟是甚麼滋味呢？是酸，是甜，是苦，是辣，還是悔、是恨？無法明言，難以明言，因為詞人的離愁不同於一般人的離愁別緒。這一句是亡國之君對離愁的最為深切複雜的體驗。所以明代沈際飛極為稱賞：「七情所至，淺嘗者說破，深嘗著不說破。破之淺，不破之深。『別是』句妙。」這句正在說破與說不破之間，所以妙。極有見地。

這首詞以白描見長，語言質樸，猶如口語，沒有雕琢的痕跡；感情率真自然。全詞創造出一個和諧完美的藝術整體，正像近人王國維所讚歎的那樣：「李重光（後主字重光）之詞，神秀也。」

長相思——李煜

【正文】

一重山，兩重山，山遠天高煙水寒❶，相思楓葉丹❷。
菊花開，菊花殘，塞雁高飛人未還❸，一簾風月閒。

【注釋】

❶煙水寒：煙霧彌漫的江水寒冷。
❷楓葉丹：楓樹的葉子經秋而變紅。
❸塞雁：從邊塞飛來的雁。

【譯文】

我和他相隔著一重山，
我和他相隔著二重山。
山遠天高路途遙，
煙霧彌漫江水寒，

無限相思直到楓葉紅丹丹。

秋天到了菊花開，
秋天將盡菊花殘，
邊塞的大雁已經高飛，
可是他尚未回還，
一簾清風明月空幽閒。

【賞析】

這首詞有題為宋鄧肅作的，但更多的傳本題為李後主作，今從後者。

「一重山，兩重山」，和平常所說的一重山後面還有一重山的意思相近，「一」和「兩」並非確指之數。山很多，一重接著一重。第三句「山遠天高煙水寒」，還有一個「山」字，三句運用三個「山」字，可見千山阻隔，人各一方，空間距離很大。天高雲淡，寒水煙靄彌漫，已是秋天時節。所懷之人，不僅遠隔重山，而且遠隔寒水。詞中一「寒」字，除了點明時節外，還寫出深閨人心理上的感受，由於離別，內心有說不出的淒寒。首三句寫景，情已暗寓其中。

「相思楓葉丹」，直接寫相思；但「相思」之後，又接以「楓葉丹」三字，說相思是在楓葉紅丹丹之時。楓，是一種落葉喬木，葉了經秋而變紅，所以又稱「丹楓」。「楓葉丹」，照應上句

「寒」。楓葉不知不覺已經變紅，可見相思的時間已經很久，所思之人遠離已經很久。一般說來，思婦對外界物候的變化都十分敏感，因為物候的變化是時日無情流逝的象徵。「楓葉丹」，意象是那樣鮮麗，它使人彷彿看到漫山遍野火焰般的紅葉，也使人聯想起小小的紅葉往往被青年男女當作愛情的信物。一方面是刻骨的相思，一方面又是熱烈執著的追求，與愛人遠別，不是常常兼有這兩方面的情感嗎？

如果說，上片寫山遠水長，強調的是空間距離，那麼下片則側重寫相思時間的久長。「菊花開，菊花殘」，菊花由開到殘，時間由初秋到秋盡，不斷地相思，不斷地等待，這期間有說不盡的愁苦，說不盡的淒涼。可是，「塞雁高飛人未還」，等待，失望；再等待，再失望。就連塞外的大雁都高飛了，而他獨獨未還。這是翻進一層的寫法。

結句「一簾風月閒」——原來「她」在深閨之中，隔簾望著戶外。她感受到寒風的侵襲，簾外的月色一片清明，幽寂的環境又使她增添了不少孤寂。「閒」，是空閒，過於空閒，即百無聊賴，精神無所寄託。相思至極，空虛無聊至極。

這首小詞寫得明白如話，沒有甚麼高深的字眼和典故，而寫景抒情，情景交融，一往情深，清意綿綿。「相思楓葉丹」一句，意象鮮明，含意雋永，頗受後人喜愛。

蝶戀花——李煜

【正文】

遙夜亭皋閒信步❶。乍過清明❷，早覺傷春暮。數點雨聲風約住❸，朦朧淡月雲來去❹。

桃李依依春暗度❺，誰在鞦韆，笑裏低低語？一片芳心千萬緒❻，人間沒個安排處。

【注釋】

❶遙夜：長夜。亭皋：水邊平地。

❷乍過：剛過。

❸雨聲風約住：風攔住雨聲，意即風來雨就停了。約：約束。

❹朦朧：月色不明的樣子。

❺春暗度：指春天在不知不覺中就要結束。

❻芳心：美人的心志。這裏指作者的心志。

【譯文】

悠悠長夜，
我在亭皋上隨意閒步。
剛剛過了清明。
我過早傷春，傷春將暮。
東風吹來，將數點雨聲攔住，
朦朧淡月，在殘雲間自在來去。

桃李依依，
春光卻在暗中過度。
誰盪著鞦韆，
笑聲裏夾著低低細語？
一片溫馨的心，千頭萬緒，
人間世上，沒一個把它安排之處。

【賞析】

這首詞有的本子作李冠（世英）作，《全唐詩》、《歷代詩餘》作李後主作。今從後者。

長夜迢迢，詞中的主人公閒閒地在亭皋慢步。慢步，有可能是忙裏偷閒，精神上得到放鬆，得到愉悅；還有可能是由於有這種或那種煩憂，希冀在不經心的漫步中求得暫時排解。「乍過清明，早覺傷春暮」，看來主人公屬於後一種，剛過清明，他就感到春暮在即，較常人為早地感傷起來。

早在南朝梁代，著名文學批評家劉勰在《文心雕龍》的《物色篇》就論述過自然環境對人精神情緒的影響。所以大凡傷春的詩詞。也未必都是無病呻吟。更多的還是由於作者心中的一點鬱悶愁情，又看到花落春歸，外界景物起了較大變化，因而受到刺激，增加了感傷程度。這首詞所寫，大約也是如此。

「數點雨聲風約住，朦朧淡月雲來去」，兩句轉寫夜景。「數點雨聲」，即殘雨數聲；後面接以「風約住」三字，寫風收殘雨，似乎風有意將雨攔住，很有情韻。雨後殘雲飄浮，襯以朦朧淡月，更能見其長空往來的幽閒之狀。「約住」、「往來」，將風雨雲月人格化，下筆工巧，耐人尋味。有人將這兩句與宋詞中的「紅杏枝頭春意鬧」（宋祁句），「雲破月來花弄影」（張先句）並提，以為毫不遜色，不無道理。

上片以寫景勝，下片以言情勝。「桃李依依春暗度」，桃李花開得正好，但盛極之後衰敗就會接踵而來，所以說春天在不知不覺中就將過去。「暗度」，照應上片「早覺傷春暮」，寫得極有味。如果說花盛即衰，春光暗度是正面使主人公感傷的話，那麼「誰在盪鞦韆，笑裏低低語」，則從另一個側面刺痛他的心。少女少婦盪鞦韆取樂，風尚由來已久，唐宋詞多有描述。「誰在」，說明主人公和盪鞦韆者未必相識；或者，「牆裏鞦韆牆外道」，主人公不一定看得見牆內之人。但是，他不僅聽得見她們的笑聲，而且還聽得見她們低低的耳語，說明彼此相去不遠。她們笑得那樣甜蜜開懷，細細耳語，其間有說不盡的樂趣，「多情還被無情惱」，鞦韆那邊傳來的笑聲低語，反而加重了他的憂慮和感傷。

本來，閒閒漫步亭皋，是想借此排遣掉煩愁，但是，「一片芳心千萬緒，人間沒個安排處」，不料，不僅不能排遣，卻使千愁萬緒更加煩亂。充滿愁緒的寸心，極小；人間宇宙，極大。極大的空間竟然沒有一個可容之處，其愁何極！宋初詩人鄭文寶《柳枝詞》說：「不管煙波與風雨，載將離恨過江南。」王實甫的《西廂記》也說：「遍人間煩惱填胸臆，量這些大小車兒如何載得起！」煩愁用船我用車裝的寫法，或受後主這首詞的啟發。愁是抽象的東西，看不見，摸不著，詩詞寫愁常化抽象為具體。唐詩說：「此心方寸地，容得許多愁。」愁雖多，但可容於方寸；這首詞卻說宇宙之大、人間之廣都無法安排，各有妙處。而後者詞境恢宏廓大，自出新意，不是詞中射雕手不易寫出。

浣溪沙——李煜

【正文】

轉燭飄蓬一夢歸❶，欲尋陳跡悵人非❷。天教心願與身違❸。待月池臺❹空逝水，映花樓閣謾斜暉❺。登臨不惜更霑衣❻。

【注釋】

❶轉燭：譬喻世事變化，如同燭轉一般。飄蓬：如同蓬草隨風飄蕩。蓬：草名。
❷陳跡：舊日的行跡。
❸心願與身違：有事與願違的意思。
❹待月池臺：建在池邊的賞月臺。
❺謾：空枉。斜暉：斜陽。
❻霑衣：指淚霑衣。

【譯文】

世事像轉燭，人生似飄蓬，
又一次在夢裏回歸。
欲尋舊跡，心中惆悵，人事全非。
蒼天不作美，教我心願與身違！

當年待月的池臺，流水空逝，
當年映花的樓閣，枉照斜暉。
登高望遠，
禁不住淚下霑衣。

【賞析】

這首詞見《金唐詩》、《歷代詩餘》。後主羈囚北方之後，不忘故國，夢魂時常縈繫江南，後期詞作再三再四寫及，或敘江南美景，如「船上管弦江面綠，滿城飛絮滾輕塵」；或憶帝城盛事，如「還似舊時遊上苑，車如流水馬如龍」；或直抒胸臆寫淚，或用虛筆記五更夢回春寒。此詞專記夢中之事，觸景生情，感慨人事全非，句句淒愴危苦。

首句迭用「轉燭」、「飄蓬」兩個譬喻，形容生活的飄忽、動盪，引出「一夢歸」，說連一夢回歸故土，也不容易。聯繫後主被虜國亡，由江南金陵被押解中原汴京的遭遇，這兩個譬喻，便不同尋常：轉燭，時時有熄滅的可能，生命不永可知；蓬飄，長隨風離本土而去，再無還日，飄蕩之苦難言。夢魂回歸，恍然有隔世之感。鳳閣龍樓盡掩塵網，玉樹瓊枝化作蒿萊，雖為故國陳跡，但因已非國，人事全非，故用一「尋」字寫其變故，用一「悵」字寫出心中的悵恨。「天教心願與身違」，「心願」兩字下得沉痛。甚麼心願，詞中不暇細說。李煜作為五代時期南方的大國之君，不說圖霸業甚麼的吧，至少固國傳國的願望還是有的。不想從先主李昪到自己手中不過三主四十來年，真是心中有意，蒼天無情，事與願違，最後落得個國破家亡、自身被虜被囚的結局。口氣看似無可奈何，但仍掩飾不住胸中悵恨之情。

上片記夢歸之事，直吐胸情；下片轉寫夢中之景。「池臺」用「待月」修飾，「樓閣」用「映花」修飾，池臺樓閣，花木掩映，月上柳梢，影入池中，多美的景色！但「待月池臺」後卻接以「空逝水」，「映花樓閣」接以「謾斜暉」。孔子曾在川岸上說：「逝者就像流水。」池臺空流逝水，一切已成空幻；樓閣即使再美，也是夕陽枉照。池臺樓閣依舊，人事卻已全非。「空逝水」、「謾斜暉」點染得夢中境界一片空無虛幻。同時將本來應是美好的景物塗上一層感傷色彩，回應了上片「陳跡悵入非」。結句「登臨不惜更霑衣」，夢中登臨故國樓臺，憑高遠望，所見都是熟悉的景物。都是令人留戀的景物，然而這一切深深刺痛這位亡國之君的心。陳跡不堪盼顧，往事不堪回首，不覺淚下如注，霑濕衣襟。

這首詞只用「夢歸」、「欲尋」點明記夢，所寫景物雖是故國陳跡，但如在眼前。「悵入非」、「淚霑衣」為今情，然而卻以夢幻形式出之，今情夢境揉而為一。紀夢如同紀遊一般，具有很強的真實感。

國家圖書館出版品預行編目資料

南唐二主詞賞析 / 陳慶元、楊樹 / 撰著；-- 修訂一版 . --
新北市：新潮社，2017.12
面；　公分 . --

ISBN 978-986-316-687-0（平裝）

833.48　　　　106018162

南唐二主詞賞析

陳慶元、楊樹／撰著　　2017年12月／修訂一版

〈代理商〉
聯合發行股份有限公司
新北市新店區寶橋路235巷6弄6號2樓
電話 (02) 2917-8022＊傳真 (02) 2915-6275

〈企劃〉

〔出版者〕新潮社文化事業有限公司
電話 (02) 8666-5711＊傳真 (02) 8666-5833
〔E-mail〕editor@xcsbook.com.tw
〔印前〕東豪印刷事業有限公司